LOCUS

LOCUS

LOCUS

LOCUS

Smile, please

SM058 趙老大的餃子館

作者：趙慕嵩

美術編輯：張士勇

法律顧問：全理法律事務所董安丹律師

出版者：大塊文化出版股份有限公司

台北市105南京東路四段25號11樓

www.locuspublishing.com

讀者服務專線：0800-006-689

TEL：(02)87123898 FAX：(02)87123897

郵撥帳號：18955675　戶名：大塊文化出版股份有限公司

e-mail:locus@locuspublishing.com

行政院新聞局局版北市業字第706號

總經銷：大和書報圖書股份有限公司

地址：台北縣五股工業區五工五路2號

TEL：(02)8990-2588（代表號）　FAX：(02)2290-1658

製版：瑞豐實業股份有限公司

初版一刷：2005年2月

初版一刷：2005年3月

定價：新台幣220元

ISBN 986-7291-20-4

Printed in Taiwan

國家圖書館出版品預行編目資料

趙老大的餃子館/趙慕嵩著. -- 初版. -- 臺北市：大塊文化，2005 [民94]

面：　公分.--(smile : 58)

ISBN 986-7291-20-4 (平裝)

855　　94001757

40年新聞記者無中生有的絕活

趙老大的餃子館

趙慕嵩 著

鮮蝦水餃
牛肉水餃
韭菜水餃
蕃茄水餃

退休記者
重新出發
趙老大
北京
餃子館
退休記者 重新出發

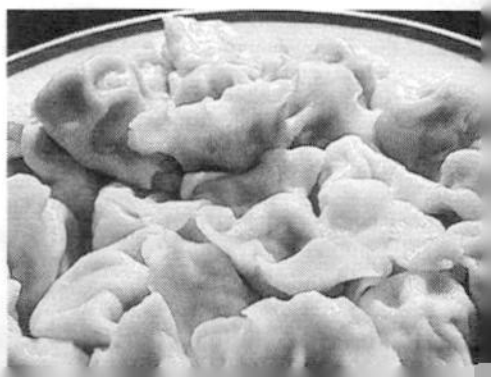

前言 賣餃子，好爽！

我，賣餃子。

幹了三十七年記者，最後淪落到賣餃子這步田地，我怎麼會這樣？

我以平常心迎接這個決定。

顯然是周邊的人認為趙某人賣餃子太不可思議了，確認以趙某人的個性太不可能幹起端盤子、點頭哈腰的行業了，於是，流言四起，笑聲不停；有人說啦：「他，賣餃子，像嗎？」

我想，走遍全台灣，也沒有一個賣餃子的人生來就是一副像賣餃子的德性，就如同一個媒體總編輯剛出娘胎，就被人看準了這副長相必定是未來的總編輯，有這種可能嗎？因而這個像與不像之間，還真的有些不好拿捏。

又有人不以樂觀其成的心態說話：「熬過三個月就不錯。」

還有人說：「跑社會新聞的記者就是如此結局嗎？」

當然不是這種「結局」，有不少跑過社會新聞的記者，結局都很亮麗，有的移民紐西蘭，有的轉往美國拿到綠卡，有的進了大企業擔任公關經理。我嘛？算是怪胎，算是最不成材的一個，也是最洋洋得意的一尾，因而眾人君子千萬不能以我來看全體，就把我當成另類吧！

我又聽到一句：「我是不會幹這種事的，我退休後，必定帶著老婆環遊世界。」

我沒意見。人各有志，你帶著明星老婆環遊世界，我帶著鄉下女人包水餃，各司其事，何必拿我和閣下並列相比，太沒有必要了。

聽到這一大堆言來語去，我不理，我不在意。我內心的感覺是，你們管我開餃子館的是副什麼德性，什麼後果？我爽就好。

不過，我也一直記住這些「忠言逆耳」。

在這一串串逆耳忠言中，我忍受一切，我發憤圖強，我拋掉七情六欲；我早起去批發市場買菜，我在半夜還在草擬明天的功能表；我不再喝三多利，我喝保力達加紅標；我每天半夜十二點必定在家中練習打躬哈腰，為的是應付客人，早晨起床後，第一句話必然是：「您來啦，您請坐，您今天想吃什麼餡兒的餃子？」

我發現我變了，我變成了九官鳥；我變了，變成了一個見人說鬼話，見鬼說人話的瘋子。

我變，我變，我變變變。

就在這股趙某人的大轉變中，我脫胎換骨，脫得只剩一副兩根肩膀撐著一個腦袋的架式。三個月後，店沒垮，人也沒倒，卻是著著實實的脫了八公斤，我還是撐下去。我咬牙的苦撐，我就是要讓那些咒我的人知道，趙某人是倒不下去的。

我不但直挺挺的、硬邦邦的撐著，並且有了「爽」的感覺！那是開張三個月以後，每晚打烊之前，拉開收銀機，點數鈔票的時刻，雖然金額不多，但卻是粒粒水餃累積出的成果啊！

這段火線暫時熄掉，掉過頭來談我開餃子館的火力是怎麼引燃的？是什麼靈感啟發的？

說穿了，也不是什麼靈感，我是想到什麼就做什麼，我的個性一向如此。我是想到要賣餃子，我就賣餃子，我不像一般學者名流、聞人雅士、政客小丑、名男人名女人等等，在稍不得意時，或是失去了表演舞台時，就會順口溜似的來一句：「了不起，我去賣牛肉麵！」好像「賣牛肉麵」成了人生的終點站，聽都聽膩了，但是沒有見到一個「人物」煮過一碗牛肉麵。我趙某人從不嚷嚷，從不打空包彈，我不說，我卻真刀真槍的幹將起來，這是我的個性，也是一股超強的優越感在挺著。開玩笑，賣餃子還談什麼優越感？狗屁！不過，賣餃子必然是有原因的，兩個原因：活不下去了！自尊心受到重創！

還記得那天，也就是台灣改朝換代的第三個年頭，也就是二〇〇三年二月十四日，夜裡十一點四十分，我跟老婆談到每月稿費直線下降，我們必須設法及時補救，老婆問：「你說怎麼補救？」

「擺攤賣牛肉麵？」

老婆反應是一片平靜。我本以為她必然全力反對，即使她反對也是有理由的，因為結婚七八年，跟著我走遍中國，以我的工作性質、個人興趣、不好交朋友的個性，能夠擺攤賣牛肉麵嗎？

在我似睡非睡的半迷糊狀態時，她答腔了：「你要做什麼就去做吧，我全力配合，我們就試著做吧！」

聽到沒有？走遍天下，有這款唯命是從的女人嗎？不必說全天下沒有這款女人，起碼在台灣沒有。台灣女人十之八九都是意見比男人多，男人的主張還沒說一半，她就衝著你的腦門子潑來一盆冷水。好端端的當一名自由撰稿人的老婆，你叫她突然生態大轉彎的去賣牛肉麵，你想得太天真了吧？你想死，你去賣，我不去，我才不去為了五十塊一碗的牛肉麵伺候過路客人。

我命好，碰上這麼真正提得起放得下的杭州女人，她一口就接受了。

第二天大早，我們先從報紙的小廣告上找小攤位。翻閱兩大報，倒是見到不少攤位出租的資訊，我們挨家了解，都是騎樓下的破攤子。我們一面找各個老闆聊天，一面觀察附近環境，有一個共同的現象，都是賣點不佳的位置。這也是必然的事實，如果生意興旺，他幹麼放著賺錢不要，反而要頂讓出去呢？

繞了大半個高雄市，老婆說話了：「如果真的擺個牛肉麵攤，在這個滿街牛肉麵的市區內，一天賣不出幾碗牛肉麵，是不是也太委屈自己了？」

委屈，確是有點委屈，但我這個人早已是風光年代不再，委屈時光沖刷，委屈也習慣了。我這個人有個好德性，就是在風光展現時，不屌，不大聲；委屈命運環繞時，不委靡，不小聲，絕不掛著一副如喪考妣的臉見人就下跪，當然更不會想死。也就是說，我從不重視風光，更不在意委屈。儘管這個脾氣跟著自己糾纏了一輩子，可是現實問題不得不顧及，也就是說受了委屈不必在意，但是一天賣不出幾碗麵，那又該如何承受？萬一撐不到三個月而熄爐收攤，那不是委屈，那是丟人現眼的結局，這個局面是有點不好受的。

我們就在尋找攤位的路上改變了主張，不擺攤了，要找店面；不賣牛肉麵了，主打北京水餃。真的，我的人生轉捩點就在一念之間定案了。

繞了整個上午，終於在仁愛二街上看到一間平房，門前貼著招租大紅紙。電話聯絡到房東，雙方聊了一陣，房租三萬五千元。原來這間四四方方的小屋在三個月前還是一間日本料理店，因為年輕人經營不理想，解約而去。我在想，既然日本料理在此處經營不去，難道我的餃子館就能經營長久？我有些猶豫，但是我確實很喜歡這間小屋的格局，只需花少許裝潢費就能變得有模有樣。第二天上午和房東簽約，房東是本省人，太太是山東人，這位山東大妞看到我的名字，哈哈一笑說：「原來是名人啊，名人怎麼開餃子館呢？」我答得直接：「名人？名人也分很多類，我就是那種浪得虛名的名人，早就不值錢了，要吃飯，所以打算賣水餃。」

山東大妞打量我一會，又打量了我老婆一會，然後擺出山東人的爽朗個性：「名人第一次做生意，減輕你的負擔，房租再降五千元。」

今天在台灣走透透，也不見我這款賣水餃的過氣「名人」，當然也更難碰上這型崇拜「名人」的房東，你們聽聽清楚，一口氣就降了五千塊，在天下房東一般精打細算的惡質心態下，我們這位山東大妞還算是夠意思吧？

好了，房子定案了，接下來就是準備開張。開張？怎麼開？賣水餃，賣什麼特色的水餃？再說，廚房如何安排，爐灶、鍋碗、冷凍設備都是不能缺少的器具，我們又該怎樣布置呢？

我們預定三月一日開張，還有十天工夫，我和老婆展開了全天候的準備工作。我是個沒有什麼主張的人，但卻有一個堅持，就是堅持在三月一日開張，就必須在三月一日開張。

人，就是憑著一股堅持的動力在活著，或許我的堅持力特別強悍，所以活得挺爽的，也就因為堅持在三月一日開張，我的餃子館就是如期開張了。我的店門掛著「趙老大北京餃子館」，我不發請帖，不邀朋友，只向一位中央民代要了一對花籃，蘇盈貴。找蘇盈貴要花籃有兩個原因，一，他是我好友，二，他是我所敬佩的民代。從他在多年前為參選被砍被殺，因採訪而結識，我一直很注意蘇盈貴的動態，這些年來，他確實是一位民代的標竿，所以在我的餃子館門口有了他的一對花籃，也就夠了，也就光耀門面了。

一年過去，我一點也不意外，我老婆也不意外，倒是那些袖手旁觀等著看我貼出「整修門面，暫停營業」的族群深感意外。他們意外的是我怎麼撐下來的？

他們更感驚訝的是，一個只會寫稿的人怎麼把他的餃子賣出去的？他們不知，我的餃子不但賣得很好，而且還賣到全台各地，台北、桃園、新竹、苗栗、台中、南投、屏東，甚至花蓮，都有人在電子郵件中訂購我的餃子。我們利用宅急便冷凍車快送，為了取信消費者，我一向都是先享受後付款，我從沒有碰上一位先享受卻不付款的客人。我想，我不必說明什麼，只是向那些特別關切我的人士說一聲：「趙老大北京餃子館」已經一年多了，一切都正常，一切仍在發展中。

這些都不重要，真正寫這本書的理由則是告訴一些整天垂頭喪氣的人，或是活得不自在打算點燒木炭自殺的人，或是活得不舒坦也不希望別人舒坦的人，大家都能另創一條路，挺起腰桿走下去，只要不求爹告娘，不抱著大腿不放，都可以坦蕩蕩的走下去，當然，也包括賣水餃在內。就算你對水餃太門外漢，你可以賣牛肉麵；就算你嫌牛肉麵太麻煩，你還可以賣綠豆湯；如果你又覺得綠豆湯是蠅頭小利，沒啥胃口，那就做水泥師傅吧，一天也有千元好拿，或是開計程車，一天也能賺個一千五左右，等等等等。也就是說，只要你肯幹，你就活得自在，反過來說，如果你高不成低不就的什麼也不想做，只想著天下人對你老哥不起，你是懷才不遇，你是有氣無處發，你是有志難伸，你是董事長的料子，你怎麼能去開計程車？你甚至還覺得五短身材的阿扁都能當總統，憑自己堂堂八尺之軀的帥哥模樣，怎麼可以去做水泥工？你總是認為自己太委屈了，太不走運了，天上眾神太不照顧你了，既然如此，那麼，我也就不想再說下去了。如果，你逼著問我還有什麼辦法，標準答案：買一斤木炭，一個鐵盆，引火點燃，窗門緊閉，你會慢慢的睡著，你死了，你可以死了，你雖死之有憾，但也只好如此了。不過在你死前也要留點陰德，不要帶著兒女同行，要死，就一個人去死吧！

像你這種人活著也是多餘的，因為你連我這個六十八歲的老芋頭還不如，你活著還有什麼勁呢？

二〇〇四年母親節的第二天，我從飛碟電台趙少康先生主持的節目中，聽到一位台商接受訪問時談到另位製作模具的台商從五十歲開始創業，十年工夫，成為企業家排行榜的前十名。趙先生說，五十歲創業似乎嫌晚了些，就連四十歲創業已經遲了一步。趙少康先生當然沒料到這在高雄有位駕著買菜車的老頭兒正聽著他的《飛碟早餐》，這個老頭兒和他評估的創業年紀又晚了二十七年。

再說，一年前盼著我及早關門的各型人類，也該作番回味，你們未免把趙某人估得太低了吧。你們認為我趙某人除了巴巴結結的賺稿費，別無生路，如今，事實擺在眼前，我的餃子館已在網路上被評為優等餐館，我的讀者捧著我的書跑來餐館，除了吃我的水餃，也盼望我在書頁簽個名字，當然也想看看趙某人是副什麼長相。儘管看了我的長相後，評定為「一個很酷的老頭」，但我還是好感動。我是一個很容易感動的人，尤其碰上這些男女老小要求我簽個名的動作，我想處之泰然，也很難。

至今，在這個事實中，你們如果還很趾高氣揚，還是不屑趙老大的終極抉擇，我想也就不再說下去了，畢竟，人各有志。但是你不能用你的那點殘餘的志向，來衡量天下人，你尤其不可低估賣水餃的趙某人。我不是活下來了嗎？我，賣水餃，我不招誰不惹誰，我爽就好。

儘管面對客人時要點頭哈腰，姿態和幹記者時完全不同，有些彆扭，但我爽就好！

尚青，可以大聲，「趙老大北京餃子館」不僅尚青，而且成為客人的最愛，但我依然是點頭哈腰，只要客人滿意，我就爽。我爽就好！

I 緣起

五十元便當和五十萬貸款

一九九六年十二月三十一日，我在一紙電腦列印出來的人事命令下正式辦理退休，從此離開了可以領薪水的新聞單位。

太多人對於退休相當畏懼，最大的原因倒不是怕坐吃山空，還沒伸腿就餓飯了，而是害怕在沒死之前，整天沒事可做，無所適從，時間難過，真是難熬啊！

沒錯，這就是太多人視退休如染上SARS一樣，惟恐碰上這種瘟疫。但是SARS染上的機會不大，然而退休卻是誰也躲不過，到了大限之日，你就得結帳走人，於是一張張垂頭喪氣的面孔充斥街頭，太不像樣。

我與眾不同，我的長官還好心好意要留我一年，我在電話中對長官說：「謝謝長官恩典，您就成全我吧，成全我到時間就買單。」

我倒不是厭倦了這份工作。開玩笑，一做就是三十六年，不會有職業倦怠感嗎？不會，我不但沒有倦怠，相反的，我還有著更能滿足興致的計畫，我要做一名自由撰稿記者。在想像中總覺得自由撰稿記者該是多麼自由，多麼開闊，多麼揮灑自如，所以我就退休了，而且退得高高興興，退得乾淨俐落。

退休的第二個星期，開始奔向大陸，展開走透透的旅程。我不走旅遊景點，不寫遊記，專門找一些旅遊團不去的地方。譬如說，旅遊團玩絲路，就是到敦煌後，轉往嘉峪關，打道回府了。我卻是開著車子按照唐朝古人的行徑走絲路，從陝西的西安，轉向甘肅的河西走廊，到了敦煌後，再往前，進入新疆的吐魯番，再前進到烏魯木齊。我用這種手法走中國，全部自費，足足走了六年，換了一些稿費。稿費就是旅費，也是生活費，當稿費不能支付必需費用時，就吃老本，吃那點退休金。

二〇〇二年六月七日，當我正在雲南的西雙版納走訪時，雜誌總編輯來電話，說是為了版面革新，有關大陸內容的文稿要停用了，我的稿件也就到此為止。我透過一位朋友向總編輯查詢究竟是什麼原因要停用大陸方面的文稿，總編輯倒是說得明：「讀者不愛看這類的東西。」這理由是夠理直氣壯的，既然讀者不愛看，讀者第一優先，那只有停用，我還有什麼話說。總編輯英明，快刀快手，說停就停了。

大陸稿停用之後的第三個月，這位總編輯領導下的雜誌，又出現了大陸稿件。我明察暗訪，作者是總編輯的老婆的同學。啊！我了解了，哪來的「讀者不愛看大陸的東西」，明明就是老婆要拉拔自己的同學。有了這層來龍去脈，我也就沒得話說。

又過了四個月，總編輯老婆同學的大陸報導下檔了，但是大陸報導還是刊出，作者的姓名竟然是總編輯本人，而配合文稿的攝影就是總編輯的老婆。我有點暈了，有點火了，我不再說總編輯「英明」，簡直就是狗日的，原來停了趙某人的稿件，為的就是完成這種結局，一步步的套招，最後就完成了這款「夫唱婦隨」的結局，太離譜了吧？太沒有德性了，我們走遍全台灣、或是環繞地球一周，有哪家媒體是這款作業的？夫妻二人領著旅費到大陸旅遊，玩夠之後，再回來賺稿費？有誰碰上過這款總編輯？但何其不幸，我碰上了。我真夠衰，碰上這款總編輯後，就形成了「總編輯倆口子玩得痛快，我的生活圈出現危機」的狀況。其實，自由撰稿人的生活運作本來就是如此，自由撰稿人是沒有任何保障的，說穿了，誰教你要做「自由撰稿人」的？

台灣的雜誌社有三千家，我另尋門路繼續努力，好景不常，維持了五個月，二〇〇三年元月初，就是春節即臨的日子，有位周刊總編輯的助理小姐來電話，希望我去一趟澎湖附近的望安鄉，因為鄉長在地方經費的拮据下，打算出租望安島，收取租金來維持全鄉運作。這個題目倒是挺有意思，我說可以去，但是談到旅費問題，助理小姐說要請示總編輯。二十分鐘後，助理小姐的電話來了，總編輯表示旅費可以憑單報銷，但是餐費必須自理。我沒有意見，但是當我躺上床時，想起助理小姐的那句話：「餐費必須自理」，越想越不對勁，越想越嘔，越想越他媽的，越想越覺得狗日的，難道你一個堂堂總編輯就把我這個堂堂的自由撰稿記者和一個五十元的便當放置在一條平行線上嗎？走遍有自由撰稿記者的國家，絕對不會有一個總編輯會對和他訂約的自由撰稿記者說：「喂，你的旅費可以報帳，但是你吃壽司的錢要自理」或是「你吃熱狗漢堡的錢必須自付」等等，因為你不必叮囑，人家也不會連喝瓶可樂也報帳，起碼人家還不至於窮酸到如此地步。我感覺到這位總編輯太幻想了，太多餘了，太把人看扁了，因為我絕對不可能把「便當五十元」也列在清單了，我幹麼？我作踐自己呀？你把五十元看得幣值高漲，我卻把五十元看成是一個粗劣便當的價值。為了一個便當，這晚可把我折騰得夠慘，老婆看我在床上打滾難眠，說話了：「既然你認為嘔氣，那就不必去了，看你氣得這個樣子！何苦啊！」我說：「不行，我一定要去，因為已經答應對方了。」

天沒亮就出發了，我在往望安小島的快艇上，又想起那句話，又嘔了，倒不是為了便當而嘔，而是為了個人自尊的受創而嘔。

我在返回高雄的班機上，有了想法，自由撰稿記者這門行業不能再幹了。我又聯想了好多好多，想起這六年來做這門原以為自由自在，高尚無比的行業，原來就是真相如此，真是有苦說不盡，真是道不完的窩囊。邁出高雄機場時，我有了腹案，「我要改行啦！」

為了避免那位總編輯的不爽，我不敢坐計程車回家，因為計程車沒有發票，我改搭公車。在公車上我又有一股失去自尊者的感覺湧上心頭，我肯定我的自尊已經蕩然無存了，已經被一個五十元的便當打得七零八落了。我決心改行，決心脫離這個自由撰稿的環境，於是我在肚子裡起草，思索自己改行後的處境。

這一大串的表白完畢了，你再把這串表白連結起來，你該知道我賣餃子的前因後果了吧？

再說得更清楚些，我是在自由撰稿的領域中，受到兩次尊嚴上的重創，才立下雄心壯志要開店轉行的。在我賣水餃又賣牛肉麵的小店內讓我深深領悟到，早期一心嚮往的「自由撰稿記者」這個行業，完全是狗屁，狗日的，他媽的，在台灣是行不通的。台灣只容許一群新聞界的混混活得人五人六，卻不能容納一個兢兢業業的自由撰稿人討得一份最基本的生活機會，台灣就是這個門面，明白了吧？我終於明白了，看透了！

當我把望安之旅的稿子在第二天發出後，我把目標轉到另一個現場，現場就是家中的工作室，現場中只有兩個人，我和我老婆。我延續前一晚上沒說完的前程大計向老婆詳盡表明，足足說了十二分鐘，包括了遠因近果，包括個人感受，最後的結論就是「改行，開店謀生，賣牛肉麵」。

我老婆靜靜的聽著，等我發表完畢，老婆望了我一眼，滿沉著的問我：

「你有多少本錢開店？」

「沒有！」

「沒有本錢也敢開店，你到底還有多少錢？」

我翻開存摺，唸給老婆聽：「兩千三百五十元。」

「什麼？」老婆掛著一副驚訝又驚嚇的神情望著我。我看得清楚，老婆在驚嚇的眼眶中，閃著亮亮的淚光，我知道她很傷，很傷心，可能她意會到未來的日子了，未來的日子很可怕。

我伸出胳臂搭在老婆肩上，說：「哭啥？天塌下來有我撐著。天底下，你見過活人被尿憋死的嗎？沒事，沒事，一定會活下去，活得有尊嚴就好。」

說得嘴硬，但是轉到錢上，硬碰硬的就是兩千三百五十元。我該怎麼辦？我就不信邪，在我這一輩子中唯一的人生觀，就是不信邪，在我一輩子的經濟領域中，就是沒錢，一輩子的口袋裡沒放過一萬塊錢，我就是這樣過的，日久天長，習慣成自然，沒錢的日子反而自在，一旦哪天有了一萬塊錢，全身細胞總在惦記這筆錢，不把它處理掉就是不舒坦。今天，依然沒錢，我要開店，我就是要開，而且要很快的開張，我有辦法，我就有這個突破困境的辦法。

老婆笑了，不是譏笑，很天真的樣子：「這點錢只夠買一袋麵粉，兩瓶醬油，一瓶麻油，幾斤豬肉就差不多了，這叫什麼店？」

我沒吭聲，因為我早就有譜了。我有一個金主，這個金主問過我很多次，需不需要嶄新的理財計畫，金主可以全程服務，我都沒有理會，因為那陣子我撰寫的大陸稿件沒有停擺，自尊心也沒有傷到深處，我幹嘛要人家來替我理財？其實我完全明白，所謂「理財計畫」，就是要借錢給你花。乾脆說得更明白些，就是一家外商銀行要借錢給我，銀行的「理財專家」就是一位洪小姐。

現在沒錢要開店，第一個就想起洪小姐，我掛電話給她。原來我使用這家銀行的信用卡，十五年來沒有拖欠一次繳款期限，因為信用不差，所以可以不需任何手續，就可撥款五十萬元。我在電話中完成語音調查，第二天中午就在帳戶中收到五十萬貸款，這就是我的開店基金，餃子館就開張了。就這麼簡單，就是這麼奧妙。

這時我想起，「信用」真的管用，後來我從一位在金融機構工作的朋友口中得知，現在的電腦連線相當普遍，只要各個金融單位啟動電腦，很快就能取得指定人物的徵信資料，除了信用卡的信用狀況，還有支票運用情形，以及房貸是否如期繳納，一清二楚，絕對完整又正確。也就是說，你在社會上混，只要在信用上出了狀況，電腦上就全部攤開，原形畢露，想向銀行借錢，「對不起，手續上有問題，不太方便。」這是銀行女職員的標準答案。

有了這次經驗，我倒要奉勸很多玩卡的哥們姐們，信用就是本錢，一旦信用卡刷爆不還，一旦銀行貸款不甩，苦日子也就緊跟而來，任何與銀行打交道的行為全部終止，再說限制出境，列入通緝要犯排行榜，這都是極可能出現你身上的後遺症。其實這都是廢話，現今社會上，不是有一大票人在跟金融機構玩耍賴的遊戲嗎？

這只是一點個人經驗，提供沒錢又想賣牛肉麵的朋友，一個重要的資訊參考。

我拿到五十萬後，付了兩個月房屋押金，再請來師傅改換門面。我和老婆到二手貨市場挑選廚房用具，從瓦斯爐、冰箱到油煙機，全部都和一般家庭用品不同，譬如瓦斯爐必須買那種會噴火的超強爐具，冰箱也要買急速冷凍的大冰櫃，一間簡易的餐館廚具，拼湊完成，二十二萬不見了。

接下去就是餐廳內的桌椅擺飾。我很重視外觀，雖然是第一次玩餐館，但是必須把客人的印象留下來。我採用咖啡色系列，全部桌椅都是咖啡色，而桌椅的外觀也有講究，絕對不是那種可以摺疊式的三夾板貨色。開玩笑，我們這裡是「趙老大北京餃子館」，不是路邊小攤，儘管手頭很緊，但是有一定的水準。而牆壁周邊不必掛出路邊買的「藝術品」，我在大陸跑了十多年，拍了兩萬多張照片，挑幾張出來放大裱框，掛在四周，不但真實，而且給消費者一個新鮮感。就像掛在櫃檯後側的一張大幅三峽彩照，就是二〇〇二年十二月我租了一艘小船，在山區拍到的三峽。我在照片下方標出「最後的長江三峽」，客人在買單時，必然會被照片的氣勢所吸引。又如古絲路之旅，西藏的布達拉宮，枸杞的故鄉等等，都是有看頭又有創意的擺飾，每三個月更換一次，每次都有主題，這就是「趙老大北京餃子館」的特色。走遍全台灣，不會有一間餐館有這類擺飾，因為他們的老闆沒有我在大陸的時間長久，更不可能像這樣走透透的跑遍中國，當然他們也不可能擁有這麼傳神的大陸圖片。

我的另一個動作開始了，登報找人。廣告尚未見報時，心想失業人口如此之多，不怕沒人應徵。但事實不然。小廣告刊出第一天，奔來應徵的有五六人，從她們的口音和穿著就可全盤明白，統統都是大陸妹，再經過聊談，發現這些福州腔相當重的大陸妹，都是利用假結婚方式來台。後來我又進一步了解，凡是用偷渡上岸的大陸妹，必然進了應召站，而假結婚入境者，或因年紀較長，或是其貌不揚，一律成了打工妹。總之，不論是偷渡的或是合法來台者，她們的唯一目標就是在台灣賺錢。在她們想像中，台灣就是寶島，寶島遍地是錢，只要妳肯努力，鈔票就會入袋。所以大陸妹在台灣形成兩大主流，一派是努力接客，兩千三千也脫，另一派則是沒命的打工；但是打工的大陸妹則是心裡有底，每月少說也得賺到兩萬以上。我就曾領教過三名大陸妹，她們清早在路邊早餐店打工，中午以後到餐廳洗碗，晚間等到餐館打烊，又跑去火鍋店賺鐘點費，總之，一個月拼拼湊湊，少說也有兩萬五千元以上。

我的店在開張的早期三個月，也曾雇用大陸妹。警察人員雖然全面取締非法打工的大陸妹，我倒並不在乎，因為取締了好幾年，大陸妹還不是前仆後繼湧入台灣各個角落拚命打工。不過，當內政部在取締的方式上又有了新招後，我害怕了。新招就是抓到大陸妹後，除了要遣送出境之外，對於雇主也有處罰，罰款十萬元，一文也不少。這招夠毒，我怕，萬一在我店裡的打工大陸妹被逮到了，她一走了之，我還得賠上十萬元。看到這則新聞，我就改用本土女性職工，本土女性的價碼雖高，但是沒有風險。「趙老大北京餃子館」的創業初期，總共用了六個人，兩個包餃子，三個在廚房，一名在外場，再加我老婆負責廚房，我專管跑腿打雜兼掌櫃，怎麼說也是一個陣容。三月一日那天，沒有請客，沒有廣告，放了一串鞭炮，就開張了。

寫到這個段落，我必須向一位餐館老闆鄧文裕夫婦道謝。鄧文裕夫婦在高雄經營「鄧師傅滷味」餐館，我因為經常到他的餐館用餐，而成為好友。我的餐館在開張之前，他們全力指導，細心傳授，從廚房的用具安排，以至酸辣湯的配料，他們都有獨到之處；甚至廚房碗櫃應該距離牆壁多少公分，才能防止螞蟻；各式調味品應如何擺放，都有一定位置。點點滴滴，鄧先生毫無保留的一一傳教，開張一年多來，碰上任何疑難雜症，鄧師傅也都給予完整的解答。

鄧文裕夫婦在二十年前從台北來到高雄，籌出二十萬元供太太到香港拜師學技，學得一手滷味的高超手藝，在高雄的中正路上開了「鄧師傅滷味」。夫妻二人也是白手起家，辛苦經營，如今在市區開了三家分店，同時也在百貨公司的美食街設有專櫃，在國際機場也有快餐咖啡。當我和老婆開了餃子館後，每逢遇到生意清淡，客人過門不入的情景時，我就想起鄧師傅的創業歷程，因而他們不但是我們的經營指導，也是精神標竿。

我還有一位朋友真正是靠賣水餃大發起來的，劉占倫大哥，我認識他是在路邊攤吃他的水餃而成為知己。劉大哥河北人，娶了一位吃苦耐勞又和氣的宜蘭太太。劉大哥從部隊退役後，退輔會分配到一間國營企業工作，或許是個性不對，也許是興趣不合，劉大哥不幹了。身邊有四個孩子，一家六口要吃飯，劉大哥玩起北方人的脾氣，「路邊哪有餓死的漢子？」擺路邊攤賣水餃。他在鳳山大街的一間店面門口擺攤，顯然是遇到貴人，店家老闆不但同意，而且不收水電費。劉大哥的手藝只有四樣：包餃子、牛肉麵、蔥爆牛肉、滷菜，這也就夠了，路邊攤就只這四樣就能應付過往客人了。

劉大哥懷著滿肚子期望擺出了攤子，他心想，在整個鳳山市來說，除了有一家賣牛肉麵的小店之外，還不見水餃攤，他的水餃必然有賣點。但他錯了，當年的南部人對水餃還沒啥興趣，攤子擺出來一個月，「每天都是整盤的端回去，一天能賣五十個餃子就是造化。」劉大哥說。賣不完的餃子帶回去送給鄰居朋友，後來鄰居朋友搖頭說：「前天的餃子還沒吃完，冰箱裡放不下了。」

滷菜和牛肉湯也是端出去又端回來。劉大哥有點沮喪，心想真的要完蛋了，這是最後一條路，這條路如果走不通，死路一條，四個孩子怎麼辦？餓死？

又苦撐了三個月，有點起色，每天也能賣一百粒水餃和二十幾碗牛肉麵。由於劉大哥夫婦的水餃都是現包現煮，鳳山的客人因好奇而產生好感，因為每晚的鳳山街上除了賣陽春麵和餛飩麵的攤位，沒有其他消夜攤，來到劉大哥的攤前，二十粒水餃，配一盤滷菜，喝杯小酒，也是愜意。生意漸漸好轉，每天下午五點擺攤，凌晨四點收攤，劉大哥說，剛開始真是受不了，每天天黑出門，天亮回家，到家後，睡一小時，又要出門買菜。清早七點，他再小睡片刻，太太就得起床清理當天的食品，從洗菜到剁肉，全都一人包了。中午時分，劉大哥起床，開始揉麵、拌餡、調製滷菜，兩口子忙到四點半，大鍋小灶，盆盆罐罐，統統上了摩托車，後墊坐著劉太太，夫妻倆又上工了，天天如此，整整一年沒有喘息。真是天無絕人之路，生意不僅是好，而是火紅一片。

整整辛苦了三年，劉大哥一家終於有了一棟透天厝，這是他們的成果，「老實說吧，擺路邊攤賺不賺錢？真賺。但都是血汗錢，辛苦錢。」有天，一鍋滾燙的牛肉湯從摩托車滑下來，淋在後座的劉太太的雙腿上。一陣驚叫和忙亂，兩個小時後，劉太太在醫院包紮出來，又回到攤上。「只有我們兩口子，我不做怎麼行？咬著牙也得做。」劉太太用宜蘭式的北京話說。

十年過去，劉大哥在屏東開了一間餃子館，鳳山的老顧客跑到屏東吃餃子，屏東的新客人源源不斷，這種生意想歇下來也不行。當他們在屏東市郊買了一棟別墅之後，孩子們長大了，他們夫妻倆正式退休，至今過著休閒生活。我了解，賣餃子的所得，足夠他們過一輩子的安閒生活。

當我在餃子館門可羅雀的晚上獨坐門前的長條凳，望著過門不入的行人時，我會想起劉大哥夫妻倆打拚的故事。他們真是夜以繼日的打拚。我也常對老婆談起劉大哥夫妻的打拚成果，劉大哥有一句話成了我的座右銘：「只要拿出最好的給客人，必定可以拉住客人。」今天，我們就是拿出最好的給客人，回頭客確實增添不少。

我始終感覺出，一分付出，必然有一分收穫，或許不會及時兌現，但耐心的等候，必定有收成的日子，能否見到成果，那就看自己的耐力和信心了。

II 水餃大觀園

01 東北老邊餃子館的啟示

說起餃子，一般人認為北方人都會包餃子。沒錯，不過，真正包餃子的高手不是北京人，也不是山東、河南人，而是東北老鄉。東北老鄉就是生活在遼寧、黑龍江、吉林三省的居民，這三個省分的老鄉都是餃子高手，女孩子從九歲開始，老太太到八十歲為止，個個都是包餃子的一等一角色。一名家庭主婦在一個小時之內，可以讓一家五口人在桌上吃到熱騰騰的餃子，這該是絕活兒吧？事實上，在東北的家庭中，這是稀鬆平常的事。一位老大爺說：「沒啥事兒，包個餃子很簡單，沒啥事兒。」

東北人為什麼個個都包得一手好餃子？我有研究。我在中國北方遊走時，發現東北的古早時期，人跡稀少，土地雖然肥沃，但是能夠耕種的季節很短暫，一年了不起只有五個月可以下田，過了農曆八月，天氣轉涼，很快進入冬季。東北的冬天真是天寒地凍，土地凍得跟冰磚一樣，怎能耕種？東北人都在秋天大量種大白菜，存入地窖中，在不能出門幹活的漫長日子裡，關起門來包餃子。餃子餡就是大白菜，經濟能力不差的人家在餡中添加豬肉、羊肉，窮人家就是純正大白菜餡，了不起加些蔥薑末，餃子成了東北人的主食。大白菜除了用來包餃子，也儲存一部分在大缸中，等待發酵之後，取出來做為湯料，湯中放一些凍豆腐或是大肥肉，這道菜傳到今天就成了「東北酸菜白肉鍋」。也怪，東北人的家常菜卻在傳來傳去的流動中，成了今天台灣各地小館的招牌菜。

東北人在餃子旁邊長大，不但女人會包，男人也會，不過流傳到今天，真正的好手卻是女人，男人大手大腳的，粗心又沒耐心。東北女人講究精緻，包起餃子不但要快，而且要把餃子包出有模有樣。北方人叫餃子為「元寶」，所以東北大娘包的餃子個個肥嘟嘟的，像胖小子的臉蛋，也像金元寶。除了外觀可喜，動作也有講究，一般人擀餃子皮都是一次一張，東北的大娘可以一次擀八張。據說現在有位二十三歲的何姓大姑娘可以一次擀出十二張，真是出神入化，簡直就成了特異功能的餃子皇后。

正因為包餃子成了東北老鄉的高超手藝，百多年來演變至今，吃東北餃子竟然成了旅遊東北的一個焦點活動。現在去遼寧，你一定會被安排嚐到一餐餃子宴，餃子宴必然設在「老邊餃子館」。

說白了吧，我今天開「趙老大北京餃子館」，或多或少受到老邊餃子館的啟示，或多或少也有一片雄心大志要向「老邊」看齊，因為「老邊」今天的場面就是藉著一粒粒的水餃堆砌起來的，可不是嗎？

一九八七年冬季，我到了東北的遼寧省瀋陽市，第二天晚間，當地的政府幹部請我去吃餃子。我很愛吃餃子，他們在路上就告訴我，這是一家最有年代的老牌餃子館。我們來到一棟小樓，三層高，門面不大，入口處有一塊老舊的招牌，上寫「老邊餃子館」。幹部指著招牌說，最起碼也有六七十年歷史了，據說，在國民黨時代就有老邊餃子館。

老邊餃子館除了賣餃子，也有小菜。東北人稱小菜為「涼菜」，寒冬臘月，嚐著各式涼菜，真是透心涼。我從七八種小菜中感覺出這家餃子館果真有它的特色，碟碟油亮，樣樣可口，菜色並不是高檔食材，全都是地方土產，譬如涼拌馬鈴薯，又涼又脆，因為灑了麻油和米醋，酸中含香，口感就是不錯。

我們正嚐著各式涼菜，餃子端上來了。還記得第一盤是羊肉水餃，雪白肥胖，一口咬下，湯汁燙嘴，捨不得嚥下。裡面似乎添了胡蘿蔔，胡蘿蔔可以去腥羶，而羊肉的肉香依然保留。吃了兩粒羊肉餃後，第二盤又上來，也是難見的冬瓜餡。台灣的冬瓜又大又便宜，但是沒有一家餃子館包過冬瓜水餃。冬瓜到了老邊餃子館，添上碎肉，拌入蔥末和薑絲，好吃，而冬瓜的清香更是另種美味。

跑堂的服務生來回上餃子，我們一共吃了十五種水餃，全部都是新奇鮮美的內容。吃到快要結束時，幹部請出掌櫃的介紹認識。掌櫃的說，老邊餃子館究竟是哪個年代開張，現在也沒人了解，但是大家都知道最早期的老闆姓邊。老邊夫妻每天在路邊擺攤賣餃子，東北人愛吃餃子，東北人統統會包餃子，老邊兩口子為了在這個人人會包餃子的城市中生存，所以想出很多少見的餃子餡。皮薄餡厚，這是老邊夫妻的原則，而且經常創新。會包餃子的東北老鄉想吃餃子時，就會來到老邊的攤旁，三十個餃子，二兩白乾，再配一碟老邊親自調製的涼菜，花錢不多，但是滿足了想吃餃子的欲望。

老邊的名氣創開了，兩年後開了店面，五年後，成了瀋陽市內有名的餃子館。文革期間，老邊餃子館消失了，改革開放後，老邊餃子館變成國營食堂，招牌還是老邊餃子館。雖然成了國營生意，但是工人們為了取得獎金，大家也是認真經營。到了一九九二年之後，老邊餃子館已經採取承包制，展現出企業經營型態。老邊的工作群研發出三十六種水餃，而且還推出了餃子宴，不僅葷素齊全，而且還有蒸、煮、煎、炸等各種花樣，即使結婚喜宴，老邊餃子館也能辦出很像樣的餃子席，老邊真正出名了。

如今，不但東北各三省都有老邊分店，即使到北京，也能吃到老邊餃子。每家分店最少都有三十名包餃子的師傅，每天都是十二小時的包餃子，快手的師傅可以一分鐘包四十個餃子，熟能生巧，確實到了爐火純青的功夫。

我走遍中國，每個城市都有北方人開的餃子館，但是比來比去就是比不上老邊的餃子。幾十年的延續，雖然創始者早已不在，然而那股精益求精的傳承卻保留至今，即使經過國營餐館吃大鍋飯的年代，老邊的師傅們卻能維持一定的風格。「老邊餃子館」現在已經成了旅遊團隊遊走東北時，必定要享用的一餐美食。老邊能夠創出今天的金字招牌，絕非偶然，研發、認真、真材實料就是老邊越來越火紅的原因。

已經有六年多沒有再吃到老邊的餃子了，但是他的水餃卻是回味不斷。一個小小的餃子攤，能夠在歷經災難後，仍能發展出今天的局面，我佩服，我學習。我的「趙老大北京餃子館」，一年過去，老邊的很多精華仍是啟發我的導引，就像我們的餃子花樣也是由老邊那兒得到的靈感。十三種餃子，就是給客人多層選擇，多種口味，在韭菜餃子、高麗菜水餃遍布全台灣餃子館的一成不變下，我們給予客人十三種口感，說來也是獨到創新吧？

我老婆說，她正在試驗茄子餡餃子，還有一種是香椿雞蛋水餃，或許這本書出版之前就已端上桌了。

老邊餃子館能夠從一個路邊小攤，演變成今天東北的觀光餃子宴，組合成餃子文化，這套起落過程，這段員工向心力的結合，一一都成為我的重要資材，哪一天，我們也必定有一個新的展示。我必須告訴你，這不是趙某人的乞丐夢幻，絕對有可能兌現，這是我的脾氣，我就有這種想到就必須做到的脾氣！

02 黃土高坡的番茄水餃

一九九八年七月，我駕車沿著國道從河南省進入陝西後，從地圖上分辨出已漸漸進入黃土高原地帶。我去陝西的目的，就是去延安，因為在我的「二萬五千里長征」的調查採訪主題中，延安是最後一站。

七月，是黃土高原最炎熱的季節。中午時分，從國道轉入縣級路面，地方政府窮困，沒有能力修建公共設施，一條通往陝西的道路有三分之二是黃土地，坑坑洞洞，黃塵滾滾，路旁盡是黃土磚砌成的農家。我和我老婆一路注意可以吃飯的小飯館，快到下午一點才發現一間小草棚的土牆上掛著一塊破爛的木牌子，寫著「小吃部」。我們熄火停車，進入小屋，裡面有三張桌子，幾條長板凳，不成規格的斜靠在屋內各個角落。一名操著西北口音的中年漢子出來招呼，我問他有什麼吃的？「水餃」，他一邊回答，一邊打量著我們停在門外的吉普車。我又問他還有什麼菜？「土豆」。我再問他可有什麼湯？他還是簡短的回答：「西紅柿雞蛋湯」。我再問老闆水餃是什麼餡？

「西紅柿雞蛋餡。」

看這屋子的擺飾，老闆的口音和答話，這兒真像《水滸傳》中的某一個篇章。老闆一直盯著門外的吉普車，我暗想，不要進了黑店吧？我老婆比我還敏感，趁著老闆轉身進廚房時，趕快跑出去檢查車門。在忐忑不安中，我們坐在長板凳上等待午餐上桌。

西紅柿就是番茄，我明白；番茄可以做水餃餡，倒是沒吃過。我們叫了二斤水餃，一碗西紅柿蛋湯，再炒了一盤土豆。土豆就是馬鈴薯，是中國大陸農村的重要產品，走在任何農村都見土豆。有的農戶把土豆做為主食，丟在火炭裡烤一會，剝了皮，沾些碎鹽，就成了一頓正餐。我走進廚房，老闆兩口子正在忙著包餃子，一盆番茄，裡面摻著炒熟的碎雞蛋。我問老闆為什麼不多調幾種餡？老闆也是很坦白的說：「咱這裡就是產西紅柿，雞蛋也是自家的雞生的，太窮，也只能這樣湊合湊合。」

和老闆兩口子聊了幾句，我又覺得這對農村夫妻倒是挺和善的，只是語氣生硬，乍聽不習慣，我們顯然是誤會人家了。

十來分鐘，兩大盤水餃上桌了。西紅柿的色澤透過餃皮，每粒水餃都是粉紅透亮，一見就好吃，一粒入口，汁水四濺，拌著雞蛋的香味，咀嚼中有種不同的口感，從沒吃過，好吃又有新鮮感。大陸各地餐館在水餃的計價方式上是以重量為準，我們這種西紅柿水餃一斤一塊五毛錢人民幣，真夠便宜，而一斤水餃足足有十二粒，粒粒壯碩，比台灣的小籠包還要大。吃下兩粒水餃後，腰粗背圓的老闆娘端出一只搪瓷臉盆，裡面浮著西紅柿和蛋花，我問老闆娘：「乍不用碗裝湯？」老闆娘笑嘻嘻的說：「我們這裡都用盆子，沒有碗。慢慢喝，好喝著哩！」

顯然是肚子餓了，也有著很濃的新鮮感，我把一斤餃吃光，老婆也吃了七粒。雖然水餃的內容簡單，卻好吃，不過，那盆雞蛋湯卻太唬人，喝了兩口就買單了，總共花了五塊五毛錢。

離開小草屋後，我一直在想那只盛雞蛋湯的搪瓷臉盆，除了白天裝湯給客人，晚上打烊後會不會拿來移作別用，就像洗洗臉，擦擦澡，冬天，兩口子燒盆開水，面對面的在裡面泡腳？這都難說，黃土高坡的鄉村，窮，一盆多用，也就不在話下了。反正我沒喝幾口，我老婆也只喝了兩匙，不管喝多喝少，總之是喝到原汁原味的西紅柿雞蛋湯了。管他娘的，不去推想也罷。

西紅柿水餃給我們留下深刻印象，再回到北京時，北京人也是個個會包餃子，但是沒聽說哪家餐館有西紅柿水餃。回到台灣後，我遍訪北方館，也不見番茄水餃。

我們要開餃子館了，當大事進入程序後，我和老婆研究餃子餡，我們的共同主張是，必須要動腦筋，包出一些新鮮感強烈的水餃，否則在水餃店處處皆是的街頭，誰又會來到「趙老大北京餃子館」？

「我們就把黃土高坡上的番茄餃子端出來吧？」我想到那對夫妻的鄉土美食。

老婆沒有反對，但她卻有難處：「番茄的汁水太多，稀稀囊囊的，怎麼包？」

「我們試試看吧？」

來到果菜批發市場，賣番茄的攤位有三個，我覺得有種紅透的番茄應該不錯，但是切開剁碎後，卻是汁多肉少，失敗了。第二天又買一種市面常見的大型番茄，肉質較硬，經得起切割，可是又失敗了，因為番茄和炒熟的雞蛋攪拌後，湯汁四溢，放入餃皮後，根本捏不攏。我老婆有點急了，有點躁了，有點不想幹了，但是我鼓勵她：「這是我們餃子館的招牌水餃，一定要成功。」

足足六次試驗，終於可以成型了。煮熟後，一股透紅的番茄汁夾著蛋香，真是餃子中的天才，餃子中的青衣花旦。端上桌的餃子，還沒入口，就可從餃皮內透出紅綠混合的色彩，不想吃也不行。我們的番茄水餃成功了。

應該是運氣拿得準，那時正是番茄逞強的季節，各式番茄汁、各種番茄牛肉麵正是一片火紅，當我們獨創的番茄水餃拉開序幕後，立即一枝獨秀，很快就成了水餃中的王牌。吃膩了肉類水餃的客人上門了，愛漂亮的女士也成了常客，素食主義者也可以嚐嚐番茄水餃。老婆的信心有了，而且手藝也精湛了，她把剝皮的番茄切成碎顆粒，再經過壓榨。番茄汁不能全部榨乾，否則就失去了番茄原味，再經過蛋花的混合，就成了又有蛋香又不失番茄味兒的番茄水餃。

記得第一通電話訂購番茄水餃的客人來自台北　林太太。林太太有次往墾丁旅遊，回程中和高雄友人來到店裡，嚐到番茄水餃，讚不絕口，念念不忘，回台北一週後就來了訂購電話。那天是四月七日，林太太訂了五百粒，我們利用宅急便冷凍車為她快送，第二天中午以前就收到保持鮮味的番茄水餃，又透過媒體的報導，這種來自黃土高坡的番茄水餃果真為「趙老大北京餃子館」打出知名度。

番茄水餃雖然成了水餃中的品牌，但我老婆和她的兩位助手依然在動腦改良。現今的番茄水餃除了番茄雞蛋，另外又加了玉米粒，甜甜又脆嫩的玉米也很討好，又給番茄水餃添加了一股新口感，也更令人接受。也有些太太們吃了我們的番茄水餃後，回家自己包，但是卻煮出一鍋番茄麵糊湯，因為多數的太太包的水餃都是機器壓的餃皮，經不住番茄汁水在裡面打滾，當鍋裡的水滾開的時候，機器餃皮承受不了衝擊，三兩下就破碎；而我們的餃皮都人工壓成，周邊較薄，皮中心卻有較厚的底層，經得起沖滾而不會破損。小小的餃子，也有這麼多的訣竅。我們沒有什麼祕方，就是從試驗中得到技巧，任何一位愛吃番茄水餃的客人只要詢問，我們必定全盤托出，但是能否成功，那就要看各人的領悟力了。

剛開張初期，除了番茄水餃，還有牛、羊肉水餃和高麗菜水餃以及最大眾化的韭菜水餃。翻開初期的價目表，我們只有四種水餃，但是價格卻比一般傳統市場的價格稍高，因為我們的餃皮全是人工壓出來的，一個人的工資是每小時八十元，這就是成本。再說，我和老婆堅持一個原則，就是在挑選食材上也是以高價位的為準。每天給我送豬肉的老胡就說，很多水餃攤採用的豬肉都是頸部的一段，而我們用的肉類則用腿肉加五花肉，算是包水餃的上肉，價格當然相差一截。又如我們採用的牛肉也是來自美國，後來美國發生牛瘟後，我們就改用紐西蘭牛肉，總之一個結論是，材料第一，價格就不能超低。但是卻引來附近鄰里的批評。在我們店的周邊有三棟老舊公寓，都是退休的公務員，而且以大陸人偏多，有好幾位北方老鄉就站在店門口指責說：「你們的水餃太貴了，高麗菜和韭菜的餃子你們賣四塊，人家市場的才賣兩塊五，你們這樣下去，不會有生意的。」我一再解釋我們的成本，老鄉們還是堅持市場價位，我有點火，我說了一句：「降價不可能，你們可以去買豬脖子肉的水餃呀。」三個多月後，老鄉們或許是忍不住外界的口碑，進來叫了二十粒，邊吃邊點頭，顯然是對「趙老大」的高價位認同了。

番茄水餃的竅門

一位貴陽春麵的老闆娘有天來電話，說是要訂購百粒番茄水餃，半個小時後，又來電話，問我們番茄水餃價格。七塊錢，「七塊錢？除了番茄還有什麼添加物？」除了番茄還有雞蛋。「太貴啦，雞蛋這麼便宜，我不要了，對不起，歹勢啦！」

又隔了一個多星期，一對夫妻來店裡吃餃子，點了三十粒番茄水餃，另加一碗酸辣湯。餃子吃完，女客又買了五十粒番茄水餃打包帶回。在結帳時，她問我們番茄水餃怎麼那麼難包，還沒有捏攏皮就破了，聽她的口音，我判斷就是前兩天訂購番茄水餃又嫌貴的那位貴陽春麵的老闆娘。我老婆毫不保留向她說個明白，但是儘管祕方全部傳授，卻不能保證絕對成功，因為番茄水餃的製作過程太費神了。

第一道過程就是採購半青不熟的番茄，因為紅透的番茄水分過多，只能榨果汁或是做為水果食用。買得大粒又半紅半硬的番茄，先在開水鍋小煮十來分鐘，待表皮翻起，撈入盆中剝皮，剁碎拌入炒熟的雞蛋中，加入少許的鹽和蔥末，再加一些玉米粒。早先我們的番茄水餃沒有玉米粒，後來有了玉米粒後，增添了口感，更受客人歡迎。

第二道過程就是在包水餃時，餃餡必須置入有孔的容器中，流出多餘的水分。如此的做法目的是使餃內不必包含過多湯汁，但仍不失番茄原味。

第三道過程則是在煮番茄水餃時，要水沸騰後下鍋，但不能一直用大火猛攻，因為番茄水餃中的水分很多，外加滾水圍煮，餃皮必破，番茄水餃就變番茄蛋花麵片湯了。

03 高麗菜的誘惑

沒有經營餃子館之前，我不知道南部人那麼愛吃高麗菜！

後來我才揣摩出，就是因為南部人特愛吃高麗菜，所以南部的水餃攤都是主打高麗菜和韭菜水餃。我想除了南部人愛吃高麗菜，另一原因則是高麗菜是最大眾的農產品，價格便宜。兩大棵高麗菜中拌入一斤豬脖子肉，就成了大眾化的食品——高麗菜水餃。

我們當然不能缺少高麗菜水餃，但是我們採購的高麗菜都是高山高麗菜，多數來自梨山。梨山的高麗菜有一個尖頂，而且很結實，有分量；每年淡產季節，很多平地高麗菜則是個大橢圓，個子雖大，但卻沒有重量，切開後，內部空洞，甜度和水分都不及高山產品。品質不同，當然價格也有差別，從梨山來的高麗菜，運費就在成本中，到了我們手裡，一顆來自梨山的高麗菜可以換成兩粒平地貨色。遠從梨山來的高麗菜配上高質豬肉，我賣得比傳統市場的水餃高出一塊錢，但卻引發住在附近的一群老芋頭的批評，我很火。我心想，你愛吃不吃，我這店也不能只靠你們來吃幾粒高麗菜水餃就能撐起來的。不是我脾氣不好，而是真的氣人。

在店前不遠處，有位女店員，長得瘦高，臉型就是那種普通臉，但唯一的特色就是聲音來得嗲。或許憑著這副嗲聲嗲氣，倒是可以討好客人，她不知，她碰上了一個先天對嗲功有恐懼感的人物，就是「趙老大餃子館」掌櫃的趙老大。每隔三五天，也多是生意最火紅的時刻，嗲功從電話中傳來了：「趙老大，我要十粒高麗菜，請人送到我店裡來。」店剛開張不到半年，以客為尊嘛，我都依她的照辦，三十塊錢（開店初期，高麗菜水餃每粒三塊錢）消費，裝入環保餐盒，還要送過去。送了一個月後，我有點不耐了，當電話又響時，又是嗲聲嗲氣，當她拉長尾音叫出「趙老大」之後，不待她說下去，我就很嚴肅的回腔了：「店裡正忙著，沒人送餃子。」

「沒關係，我自己來拿。」聽到沒有，人家嗲姑娘就是吃定你趙老大的高麗菜了，你不肯送府服務，人家移樽就教，人家親自來拿高麗菜水餃，人家就是非吃不可嘛！

這種方式運作了又是兩個多月，我的神經系統對嗲聲嗲氣的聲音產生恐懼感，不久又演變成嗲聲連鎖症候群，只要聽到類似的女人聲，我就想起對門那位長相普通的嗲姑娘。有天，也許是我的另類更年期正要發作的時刻，電話來了，「趙老大——」我立即回應：「高麗菜賣完了。」「哪——我就要十粒韭菜水餃。」「韭菜也剛賣完。」

顯然，嗲姑娘不爽了，她發功了：「那怎麼辦？人家還沒吃晚飯，趙老大，你說怎麼辦？」

妳問我怎麼辦？我當然有辦法：「妳就吃我們新出來的鮮蝦水餃吧，牛肉水餃也不錯。」

我想嗲姑娘可能要開竅了，我及時回答：「鮮蝦八塊錢，牛肉也是八塊錢，要不要煮十粒？」

「多少錢一粒？」

毫不思索的，嗲姑娘用高分貝的嗲聲回答了：「不行哪，人家不吃海鮮，皮膚會過敏。」

「牛肉水餃也不錯。美國牛肉，鮮嫩多汁，保證好吃！」

「嗯——也不行，你不知道人家不吃牛肉嘛！」

我怎麼知道妳不吃牛肉？妳是一個店員，我是堂堂餃子館的老闆兼掌櫃，我和妳只處在高麗菜的邊緣，妳可別搞錯了。真是高麗菜吃多了，吃出了妄想症。怎麼樣？妳到底吃不吃？

「好吧，那就去吃泡麵吧，下次給我留幾粒哦，趙老大謝謝啦！」

哆姑娘三天不吃我的高麗菜水餃是不能善罷甘休的，我也不能總是拒人於一街之外，我實在很煩她，我是多麼聰明的老闆，我想出一招，我在店門外貼出一張海報：「為了廚房流程順暢，即日起，凡外賣水餃一律以三十粒為下鍋標準。」

擺明了，我貼出這則告示，除了婉謝哆姑娘，也是想擋一位韭菜太太。這位太太每次都在傍晚來店，進門就衝到櫃檯前，「嗨——，我要十粒韭菜水餃，快點快點，我要送孩子去補習。」一次，兩次，三次，四次我都接受，到了七次，八次之後，我不接受了：「我們剛營業，水還沒開，總得要等一會。」

韭菜太太非但不覺理虧，反而有股興師問罪的架式：「以後就早點營業嘛！」

我又不爽了，我開腔了：「我們也不能為妳的十粒水餃提前半小時營業吧？」

「趙老大，你要搞清楚，我要送孩子去補習呀！」

我是一百個不爽了：「我們煮水餃的太太也是要去接了孩子回家才來上班，我總不能為妳的孩子補習，而不許我的人員去接孩子放學吧！」

那則海報貼出後，嗲姑娘不來了，韭菜太太也不來了，我倒落得耳根清靜，但是高麗菜和韭菜水餃依然是暢銷水餃。

經常有台北客人來到高雄後光臨本店，台北客人就是挑高價位的水餃。有次向幾位台北太太詢問，怎麼不吃幾粒高麗菜水餃或是韭菜水餃？她們的回答很簡單：「高麗菜和韭菜水餃處處都有，我們就是要吃別處少見的餃子。」聽到了吧？人家台北人就是有眼光，有口福，有錢，有錢又懂得吃，哪像那幾位天天就鎖定高麗菜和韭菜的南部人。也不能說南部人沒錢，南部人的錢淹腳目，但是南部人精打細算，算來算去的，就看準高麗菜水餃了。

在告示沒貼出之前，我曾向嗲姑娘半開玩笑半認真的說：「妳天天吃高麗菜，妳看妳的臉色都快跟高麗菜一樣啦！」

「人家喜歡嘛，人家就是喜歡吃高麗菜！」很久沒聽到嗲姑娘的聲音了，也不知是否另尋新歡，又找到一家高麗菜水餃專門店，「喂，老闆，我要十粒高麗菜，給我送到店裡來。」祝福這位高麗菜死忠的嗲姑娘，永遠吃到高麗菜水餃。

04 茴香水餃

我每年回到北京，必然要和一位老朋友見面，而且要去他家吃餃。這位朋友比我小二十多歲，我是在一九八八年初到北京時和他認識，他叫趙國良，是位開計程車的司機。當年的北京計程車司機是高收入戶，因而在這個大都市中很吃香。我能夠和趙國良交往這麼多年，主要就是這個年輕人誠懇，厚道，不像一般計程車司機油腔滑調，滿腦子想占客人便宜。也正因為趙國良有他的優點，所以已經放棄計程車，而在一家證券公司替老闆開車，生活過得很好。

我每年去北京不論有幾天時間，必然要去探望他的父母，老太太必然要包餃子，除了韭菜餡，還有一種就是茴香餡。我第一次嚐到茴香水餃就在趙家，那股重口味，香中含嗆的口感，使我念念不忘，所以吃過第一次茴香餃之後，趙國良母親知道我愛吃這類餃餡，每次來到趙家，必然有茴香水餃上桌。一鍋酸菜湯，大盤的茴香餃，再配上高度二鍋頭，一口餃子一杯酒，真是享盡了北京人的美味，儘管花費不大，但是卻是吃得飽滿，又喝得實在。老太太每次都是故意多包一些茴香餃，打包交我帶回台灣。我存入冰箱，每次想到茴香餃就會油煎幾粒，再喝一杯高粱，也是一樂。

我自己有了餃子館，當然要推出罕見的餃子。除了番茄水餃已經打出品牌，我想起了茴香，但卻不知台灣有沒有茴香，因為茴香是寒帶植物，台灣能夠種植嗎？疑問。

有天老婆從大賣場回來，帶來喜訊，她在賣場竟然見到茴香，而且買了一把。雖然我在北京趙家吃過不少茴香餃，但卻沒有見過茴香，根本不曉得新鮮茴香是什麼樣子。原來茴香長得類似香菜，又比香菜長，菜子細而密，根莖都很細長。當我想到要把茴香水餃引入餃子館時，老婆再去賣場尋找，卻找不到了，因為茴香在台灣本來就很少農戶種植。

冬天，我在果菜批發市場的一個拐角攤位上，見到茴香，總共有六把，全數買下。回到店裡經過清洗和挑除，挑出細嫩的莖菜，剁碎後拌入上肉，再加些香油，我老婆是調餡高手，還沒下鍋的茴香餃就傳出那股誘人的茴香味。我們的習慣是在推出一種新品水餃前，必定要全體人員試吃，大家都認為沒有瑕疵可以上桌了，才推銷給客人。

這是台灣第一粒茴香水餃。那天是二〇〇三年入冬後的十二月十六日，我在大廳的牆上貼出「老北京口味　茴香水餃上市」。太多的客人不了解什麼是茴香，當然不了解什麼口味。我也有一套促銷方法，只要有人對茴香存著好奇卻又不想嚐試的表情出現時，我就端出一小碟，五粒茴香餃：「這就是茴香水餃，送您試吃，好吃的話下次再來嚐試。」

有的客人不太能接受，但有的客人吃了五粒後，在買單時，會加添五十粒冷凍茴香餃，帶回家細細品嚐。我一面賣茴香水餃，一面了解茴香。原來這種植物的種植地在屏東，因為屏東附近有很多客家族群，客家人愛吃茴香，有的用來炒豆乾，有的涼拌，也有人在煮魚湯時，添加茴香，但卻不見茴香水餃。有天來了一家客家客人，因為聽說高雄「趙老大北京餃子館」有茴香餃，一家人吃了八十粒茴香，又配了一鍋東北酸菜湯，吃得津津有味。客家老太太說，吃了一輩子茴香，還沒吃過茴香水餃，真是好吃。

或許是懂得吃茴香的人太少了，所以果菜市場也是少見，一個龐大的批發市場只有兩個攤位放置茴香，而且時有時無，我必須頭一天預約，次日才能購得五六把。但是五六把茴香也只能供應一天客人需求量，越是供應量有限，越是需求者增多，太多的客人經常掛電話預約，我們的茴香水餃已經和番茄水餃齊頭並進，成了又一道招牌水餃。

茴香水餃打出響亮的名號，我倒想起北京的小趙。原先每年必定回北京一趟，必定要去小趙家吃他母親親手包的茴香水餃，最近一年多來，為了照顧自己的餃子館，不能離開台灣，但我們經常以電子郵件保持聯絡。小趙原居的崇文區老舊房子，因為北京市府要籌畫二〇〇八年奧運，全北京市的破胡同老房全都拆除，趙國良也因而分配到新型國宅。有天我發了一通郵件給小趙，問他經常吃茴香水餃嗎？他在回電中寫著：「每個月最少也要吃回餃子，我媽每次包茴香餃子，就會想起您哪，歡迎您再來吃茴香餃子，我們都想您哪！」

茴香水餃推出大約半年後，有天晚上即將打烊時候，來了一位外型挺體面的中年客人，點了十粒茴香，十粒韭菜，一碗牛肉湯，自己到冰箱拿了一瓶啤酒，又來一盤蔥爆牛肉。當他兩盤餃全部吃完後，問我：「您是北京人？」一口道地的京片子，就跟趙國良的口音一樣。我也用純北京腔回答：「沒錯，我是北京景山下邊兒的景山西街萬家胡同。哪，您是北京出來的客人？」

「我家在北京，我現在在日本工作，今天是到台灣出差，路過您的店，看到招牌寫著北京餃子館，特別親切。果然餃子的餡有家鄉味，蔥爆牛肉也是北京的火候。」他夾一塊牛肉，邊嚼邊說，又是一年多沒回去了。他告訴我，日本的各大城市都有餃子館，日本人特愛吃中國餃子，因為日本客人多，所以中國餃子特別貴，但生意卻好得好：「就憑您這家的手藝，到日本開一家餃子館，保證門庭若市，生意火紅，因為在日本吃不到這麼北京味兒的餃子。」我不知道他是真話，還是在捧我，我笑笑的謝謝他。他又說：「每次回家，我母親必定包兩種餃子，一種就是茴香，另一種是香菜。對啦，您這兒還沒有香菜餃子，香菜餡兒也挺好吃的。」

老鄉走了，我也快打烊了，又想起趙國良，一個挺上進的北京青年。

我在拉下鐵門時，作了決定，明天就把香菜水餃搬上檯面。我們的餃子已經累積到十三種了。

茴香水餃的竅門

茴香水餃和香菜水餃在製作上並不困難，只是在豬肉的攪拌上要多添一些香油。不必添加薑末，因為茴香和香菜有股很濃的清香，吃茴香水餃或是香菜水餃的目的就在品嚐它的香氣，如果添了薑末反而把原味掩蓋了，沒有必要。

在我剛開始打出茴香水餃時，一把茴香只要十二元，但是沒過一個月，一把就漲到二十元，再過半個月，又跳到三十元，而且原先賣茴香的兩個攤位已經少見茴香了。後來我才明白，蔬菜都有一定的生產季節，茴香也是如此。受了氣候影響，屏東一帶的農地已沒有茴香，客家人每餐必吃的茴香，多數來自山地，山地的原住民又少種茴香，因而水漲船高，不漲價也難。但是我的菜單上既然印出「茴香水餃」，就得照常供應，而且在高雄地區也只有我們推出茴香水餃，原先沒吃過茴香水餃的客人，一旦嚐過我們的茴香水餃，似乎有了癮頭，不但來店必吃，而且要打包買冷凍水餃。為了滿足消費者的需求，我除了向哈囉市場的兩個攤位預訂茴香，同時也向黃昏市場的果菜攤訂購，只要茴香出現，有多少收多少。度過嚴重缺料的五個月後，新山土的茴香又陸續收割，茴香水餃才得以穩定供應。

1 0 5

台北市南京東路四段25號11樓

大塊文化出版股份有限公司 收

廣 告 回 信
台灣北區郵政管理局登記證
北台字第10227號

地址： 市 縣 鄉／鎮 市／區 路 街 段 巷 弄 號 樓

姓名：

(請寫郵遞區號)

經常走市場的家庭主婦可能一直認為香菜是種很便宜的調味菜蔬，譬如在傳統市場買根蘿蔔，菜販子必然會自動的送幾根香菜，因為煮蘿蔔湯少不了香菜末。可是每年八月以後，香菜產量減少，正是農民換種的季節，一斤香菜漲到一百二十元，品質又很差，我們推出香菜水餃一個月後，就買到一斤一百元以上的香菜，添加了上品豬肉，利潤下滑。

幹上這行，才知道賣水餃也有賣水餃的學問，而這門學問不是我在新聞圈學得到的。往年，在路邊小攤吃水餃，經常見到端上來的水餃越變越小，小得像一隻餛飩，暗中嘀咕老闆賺得太多，現今才明白，餃子變成餛飩就是受了餃餡缺料的影響。有過以往嘀咕老闆的心得，所以我的餃子館無論成本如何，訂價不變，餃子不變。在滿街掛著「水餃牛肉麵」的掛牌下，「趙老大北京餃子館」能夠撐到今天，應該就是和我的原則不變有關。

05

川妹子的最愛～麻辣水餃

當麻辣火鍋在各地風行時，我老婆也特愛吃麻辣鍋，而且要重辣的調理，有天我在一間火鍋店被辣得吱吱叫時，突然有了新構想，「我們也可以包麻辣水餃。」

第二天就有了動作，大白菜拌肉，再添入蔥薑和香油，再加入辣油和花椒油，吃起來確實有股麻辣味，但是對於真正懂得吃麻辣的人，不夠勁，不夠麻。我們想起成都的麻辣鍋，也想起在重慶最出名的那家「小天鵝火鍋店」的老闆娘說的一段處方。她告訴我們，真正的麻辣鍋，不能用花椒打底，而是要採用麻椒，只有麻椒經過微火煉油後，拌入高湯內才有麻辣香，口味也夠重。想起這段祕方，我們四處找麻椒，也曾到專賣南北雜貨的三鳳街尋找麻椒，但都沒有結果，不過多方探聽後，知道有些中藥店可能出售麻椒，在住家附近的一家中藥店果然見到麻椒。原來麻椒和花椒的外形類似，唯一的辨別處就在花椒是圓滾滾的顆粒，而麻椒卻是圓形的外殼上有一道裂縫。就因為有道裂紋，口感就完全不同了。

麻椒配上一半朝天椒，再添一點不是很辣的紅椒，先用微火煉炒麻椒，撈起後再煉炒朝天椒。三合一煉到一定火候，瀝出油汁，沾點在舌邊，就會麻中帶辣，而且都是重麻重辣。再將這道油汁混入餃子餡內，慢慢攪拌，二十分鐘後就成了麻辣餡，可以動手包餃子了。

我的餃子「文宣」又貼出來了：「道地四川風味的麻辣水餃，今天上市。」我可以這麼說，在台灣吃過麻辣鍋的成千上萬人，卻絕對沒有一個嚐過麻辣水餃，即使愛吃麻辣鍋的四川人在內，也不太可能吃過麻辣水餃，因為有這份頭腦的店家除了「趙老大北京餃子館」，走遍大江南北，深入華中華南，走過千百家餃子館，也不見麻辣水餃。就算東北的「老邊餃子館」，它有餃子宴，但卻包不出麻辣水餃，原因就在東北人只可以吃辣，但不能接受麻辣，而台灣有這麼多的麻辣族，我的麻辣水餃也就受到歡迎。

一粒麻辣水餃售價七塊錢，傳入那些退休阿伯的耳裡，又有了批評，又說沒啥了不起，不就是辣椒加花椒的組合嗎？沒錯，但是如何煉製油料，如何搭配大白菜和上肉，就是一道竅門，能夠跨過這道門檻，就能煮出夠力道的麻辣水餃。精打細算的退休老人有意見，但是年輕人不在意，帥哥和美女來到店裡，十五粒麻辣水餃再配一碗酸辣湯，一百五十五元就買單了。我曾和年輕的麻辣族聊天，問他們能不能接受七塊錢的價格？回答都很了當：「好吃，夠勁，不貴。」就是在中青代的支援下，我的麻辣水餃又出名了。

一位在桃園機場櫃檯工作的小姐，聽說在高雄有麻辣水餃，來電詢問。她說，父母是四川人，特別愛麻辣味，餐餐不離麻辣醬，但是卻沒吃過麻辣水餃，向我訂購了三百粒。我們又用宅急便快送，半個月後，這位楊小姐來電，又訂了六百五十粒，因為住在大樓的鄰居嚐到麻辣水餃後，讚不絕口，大家湊合起來訂了一箱。我們原先的規則是外地訂購，運費由消費者支付，但是為了感謝客人支持，凡是訂購達六百五十粒者，運費由我們吸收。麻辣水餃在推出三個月後，已經成了哈麻族的最好的食品，也有人打包我們的麻辣水餃，帶到麻辣火鍋店，據說，吃起更有力道，更是過癮。

我是不會讓機會放流出去的，有位在我們店裡包水餃的太太，山東人韓國華僑，自小在韓國長大，不但包出一手好水餃，又會醃漬韓國泡菜，三天就是一盆，絕對是韓式原味的泡菜。韓國泡菜在台灣的消費者不少，因而我們的韓國泡菜也投入了小菜行列，而且永遠保持前三名的銷售量。我又動起腦筋，我的腦筋動得快，沒三天就打出了「韓式泡菜海鮮鍋」，為了迎合麻辣者的喜好，我們又在韓式鍋內添入麻辣汁，一陣組合就成了含著麻辣原味，又不失韓式精神的泡菜鍋。泡菜鍋分大小鍋，大鍋可供五人享用，小鍋則是三人份的容量。一個小鍋，二十粒麻辣水餃，花費不超過四百元，小兩口吃得開心又開胃，客人又要在門前排隊等候了。

安排出重量級的麻辣系列，我再次設計新招，我要為素食者打算。雖然我們的番茄水餃被一些素食者接受，但是經過多次的桌邊訪談後，我才了解有些素食者甚至連雞蛋、蔥、韭菜也不入口。我想起在大陸寧夏吃過的一種花素水餃，內容包括香菇、瓜類和粉絲，三種剁碎後就成了純素水餃。為了提升口感，我在拌餡時又加入油條。一般的油條經過煮食後，就成了鬆軟的油炸麵皮，附近眷村的一家早餐店特製的回鍋老油條又酥又脆，經久也不會變質。老油條敲碎後，混入素食餡內，香脆味美，久煮也不會爛。

我們的香菇花素餃也是在半個月打出好名聲，太多素食者對於這款新餃子一致好評。有天來了五位出家人，嚐了我們的香菇花素餃，很認真的表示：「終於嚐到真正的素食水餃。」透過宗教界人士的認證和介紹，「趙老大北京餃子館」的花素水餃又在全台各地打出市場。由於人手不足，四位高手全天包水餃，仍是供不應求，我們只好採取先訂購，後送貨。為了博得消費者的信心，一律採用先享受後付款的運送規格，一年多過去了，還沒有一位消費者拒付款的案子；也就是說，趙老大的餃子館已經和消費者在信用上取得完整的默契。這是相當值得興奮的現象，我們從來沒有和任何　位消費者因為在質量上發生爭執，這又何嘗不是一項成果？

III 山珍海味入館來

01 一品砂鍋

將近二十年來，我有個睡前喝杯酒的習慣，也不管這是好習慣或是壞習慣，總之，我喜歡。

一般人常說，來杯小酒。我不喝小酒，我喝大酒，每晚都是一大杯。一大杯喝乾，也差不多午夜十一點了，上床就睡，挺爽的，也不會做惡夢。

我覺得睡前一杯酒是不錯的，以前寫稿為業時，可以面對這大杯烈酒，計畫明天的走訪題目，也可以回顧今天的稿子有哪些缺失，可以立即彌補修正。我只喝酒不吃菜，偶爾有一碟豆腐乳也行。烈酒配上一坨豆腐乳，具有刺激自己大腦湧現很多想法的功效。

睡前酒還能勾起很多往事，可喜的，可悲的，得意的，失意的，等等等等等，一一浮現在酒杯中。現在改行賣餃子，我的睡前 杯酒依然不改，我趙某人就是甩不掉這杯酒，這杯酒對我太重要了。這一年多來，我在餃子館打烊回到家裡，完成睡前準備，我的快樂時光也開始了，腦子裡開始浮現一段段的餃子大事。我必須實實在在的玩水餃，玩得轟轟烈烈，這是我的個性，不玩就不玩，要玩就得出現兩種結局，一個結局是玩完了，一個是玩出一點名堂。有天，一名來自北京的老女人到店裡訪問我，她的名片上印著「中央人民廣播電台記者」，扯了一大堆工作轉捩的原因，最後又問我以後有什麼計畫。「在長城下面開一家分店」，我面不改色的回答，沒想到老女人回到北京後，原音照播。我的長城分店還不見影子，倒是有人來電詢問何時開張。沒錯，我就是這種個性，要玩就要到長城去玩，讓遊玩長城的各國客人，嚐嚐趙老大的餃子。

這晚，十一點了，一杯酒也喝得還有三分之一，突然靈光乍現，我回到了陝西的西安，回到賓館旁那條小街，回到馬家的羊肉泡饃小店，正在喝著滾燙的肥羊濃湯。忽忽悠悠的我從馬家小店越過千山萬水，飄過台灣海峽，飛過三千七百五十公里，來到了台北敦化北路。我在一家小巷弄中的小餐館落腳，享受從沒吃過的鮑魚燉老母雞的美味。

對啦，就是鮑魚燉老母雞，真是美極了。記得十二年前的那個晚上，台北的朋友約我到這間小店，店家面積不是很大，就跟我現今的餃子館差不多少，簡簡單單，幾張大桌小桌，一張櫃檯，如此而已。人不可貌相，店不看大小，人家生意可來得火紅，我們在店外等了二十多分鐘，才擠到兩張小桌，八個人分開吃。在這個有得吃就算福氣的小店中，別挑剔，你要挑剔，立刻有人候補。我的朋友點了兩個砂鍋，一個鮑魚老母雞，一個海鮮老母雞，反正在這家小店中以老母雞為主打，全系列都是砂鍋，就是這個樣子，沒別的花樣，也沒有什麼服務，要小菜自己去櫃檯拿，要飲料自己去冰櫃拿。簡單加上簡陋，再加上老母雞，組合一個生意好得必須訂位的局面。

小店的牆上貼著各式砂鍋的價碼，我還記得海鮮鍋是一千元，鮑魚鍋是一千二，什錦鍋是八百元，這個價碼給我留下極深印象。十二年前的台北市創出這款價碼，在一個南部來的客人面前是驚訝的，也是不可思議的。朋友說，不必大驚小怪，台北就是這種行情，只要好吃，台北人不在乎價格，店面開在任何一條死胡同內也會天天爆滿。聽到沒有，人家台北人就是懂得吃，捨得吃，不吃一鍋鮑魚燉老母雞，誓不善罷甘休。咱們南部人可就不一樣，沒那麼講究，肚子餓了，目標鎖定滷肉飯、雞肉飯、味噌湯，談起吃餃子嘛，就認定了高麗菜水餃和韭菜水餃，為什麼？滷肉飯和韭菜水餃便宜嘛，統統買單，一百元還有得找，卻吃得撐死啦。

當一杯酒全乾，我作了石破天驚的決定，把台北的鮑魚燉老母雞引入高雄，引進「趙老大北京餃子館」。我就不信邪，我就是要叛逆，我就是要把高雄人捧著滷肉飯，喝著味噌湯的飲食習慣糾正過來。難道大高雄就只有滷肉飯嗎？除了味噌湯就沒有別的高湯嗎？開玩笑，趙某人要給高雄人一個新的、鮮的、美味的味覺感受。

由於高雄人太少吃鮑魚，市場內的小店就不賣鮑魚，我在專門賣南北雜貨的三鳳街找到鮑魚罐頭。我也定名為「鮑魚燉老母雞」，但是貼出招示不久，很多客人不明白老母雞，問道：「老母雞一定很老了，咬不爛哪？」我弄懂了對方的意思，所謂的老母雞應該是江浙話，江浙一帶的人吃土雞都叫老母雞，其實也不是阿嬤級的老母雞，只是土雞的意思；而台灣本土話把土雞稱為「跑山雞」，意思是說，這種雞整天都在山上跑來跑去，應該算是達到「土」的標準了吧？碰上本土年長者，我必須一一解說，老母雞在外省人面前很受用，到了本土客人的面前就變成跑山雞了。

鮑魚燉跑山雞推出後，依據市場調查，在高雄地區算是第一鍋，嚐試的人不少。可以想像，原本就很鮮美的智利產鮑魚和本土老母雞混在一鍋，慢火煨燉，不論口感或是味覺，絕對是一流絕配。客人說好吃，論價錢也不貴，十二年前台北的價碼是一千二百元，十二年後的「趙老大北京餃子館」把價碼向後拉，拉到八百五十元。我從短暫的經營經驗中了解到，南部人如果吃一道菜要花一千大鈔，他不幹，他認為太離譜了，即使嘴裡不便說，心裡也在幹，一隻跑山雞要一千多？這不是在吃雞，這是在吃人。不行，不吃，說不吃就不吃。南部的海產店流行大排擋式的經營手法，一盤海鮮八十元或一百元，精打細算後，拿著一千大鈔去吃海鮮，包括啤酒在內，也花不了一千元。我太明白南部消費者的心理，所以鮑魚燉老母雞就訂在一千元以下，雖然仍不能和大排檔相拚，但也有人接受了，畢竟內行人知道門道，外行雖然不明白鮑魚的價值，但是一匙湯入口，那股鮮美，直入肺腑，貴嗎？「沒歹啦，驚好呷！」

打出了鮑魚燉老母雞，打鐵趁熱，我們又緊隨著打出「火腿燉老母雞」、「蛤蜊燉老母雞」、「山筍老母雞」。每道老母雞一律用日本進口的砂鍋盛裝，保溫又夠氣派，客人有了稱讚。客人對於價碼沒有批判，因為我們的鮑魚燉老母雞的價碼要比市面的燒酒雞貴上兩成，客人能夠接受，證實我們的真材料取得客人的認同，高雄的客人的品味程度在提升，可喜。

另一個晚上，從一杯酒中我似乎到了東北的瀋陽。那是一個冬季的晚上，當地朋友引我到一家純東北風味的小館，掀開棉布門帘，一股濃烈的白酒直竄口鼻。我們四人坐在一張方桌上，一瓶五十八度的白酒拿過來後，一個海大的砂鍋也端上來了，裡面是酸白菜、白肉、凍豆腐、粉條，就這麼簡簡單單，沒有任何配料。雖然看來就是一只砂鍋，但是鍋內的酸白菜真是開胃。北方人家家都會醃漬酸白菜，但是東北的酸白菜卻是一流，切得如同紙一樣薄的白肉，更是不油不膩。我在北京吃過酸菜鍋，然而比不上這晚在瀋陽小店中的這一鍋。後來的幾年，只要到了東北，必然要吃上幾鍋酸白菜，百吃不厭，越吃越想吃。

我在酒意濃濃中把自己從瀋陽的酸菜鍋邊拉回到家中的電腦桌旁，杯中的酒也將要喝乾。因為創意尚未落實，我又添了小半杯酒，又過了二十分鐘，我一口乾盡，一個東北風味的酸菜白肉鍋即將在「趙老大北京餃子館」中出現。

台灣很多餐館也有酸菜白肉鍋，有些從來沒去過東北的老闆，特別在招牌上標明「東北酸菜白肉鍋」，那也倒不去計較，值得計較的是端上來的那只銅鍋。銅鍋的中間有個煙囪，煙囪底層是燃燒的木炭，老闆顯然不知，東北的酸菜鍋都是砂鍋。砂鍋的特性就是保溫，即使一鍋吃到底，也會保持一定溫度，因而我們的酸菜白肉鍋不用燒木炭的銅鍋，而採用砂鍋。何況在炎熱的南部，採用燃著火苗的銅鍋，即使店內有冷氣，客人必然吃得汗流浹背。我這種道地的東北酸菜白肉鍋，博得客人的好感，因為他不必在大熱天圍著一只火舌直竄的銅鍋受罪。再說，講究吃酸菜白肉的客人很重視湯頭，我們的湯頭不是一般的豬骨湯，而是用豬骨與雞骨混合熬煮，雖然熬煮時間不像煉丹提藥，但也不會少於四小時。四小時熬出的湯就是真正的高湯，客人把鍋裡的湯喝光了，要加湯，我們還是加高湯，絕不是清水變高湯。我們的原則就是那句話：「拿最好的給客人！」

只要拿最好的給客人，必然會得到客觀的好評。就在老母雞砂鍋嘎嘎叫的日子裡，我滿意，我老婆滿意。我老婆經過多次考驗，對我晚間的酒中靈感大為信服，為了促使我的靈感潮湧，她每晚十點以後，必定會把酒杯放在我電腦旁，她的動機就是希望我藉酒使勁，創出新點子。好爽啊！

就在這個又爽又抬頭挺胸的時刻，我萎縮了，因為老母雞病了。不只是老母雞病了，老公雞、小公雞、小母雞都病了，雞氏一族統統病了；不僅是台灣的雞生病，整個亞洲地區的雞都病了，說是患了感冒，而且是流行性感冒，禽流感來啦！

本來，雞患了感冒也沒啥大了不起，這回可真是惹不起，因為這種雞感冒傳染到人體後，人會死。有位長官不是曾說過：「台灣哪裡有不死人的？」但是吃了雞肉會死人，那就很恐怖的，很不得了的。於是當禽流感侵襲後，全台灣每天都要撲殺五六萬隻雞。撲殺歸撲殺，怕死的人還是談雞色變，管你什麼跑山雞、老母雞、烏骨雞，統統拒之於千里之外。可憐啊，我們剛剛打出品牌的老母雞砂鍋，就此打破砂鍋也沒人理啦！

我這間店就靠著餃子和酸辣湯苟延殘喘，要死不活的樣子。說清楚，一間店的局面，如果只有水餃和酸辣湯撐著，垮是垮不了，但也僅只是白忙一場，沒有賺頭。不賺錢的生意有人做嗎？我瘋啦，我白癡，我頭殼壞啦？

在雞婆雞公全都流著鼻涕等死的那些天，我每天照常喝酒，想起沒招誰也沒惹誰的雞公雞婆被撲殺的情景，一桶毒氣噴過去，一隻隻倒了，死了，真可憐。我也可憐，不是嗎？我的腦際正在對可憐雞族產生惻隱之心的剎那間，一個急轉彎，我的腦袋突然搖晃幾下，想起了自己。可不是，我怎麼了？開店就麼短短幾個月，先是人類的SARS，接著就是美國狂牛症，再下來是雞群的禽流感，是天災，還是人禍？一連三大波，要不是我咬牙硬挺，相信在第一關的SARS就闖不過去，闖到三關，但也筋疲力盡，我又虛脫了。

就在虛脫快要變成癱瘓的時刻，我又恍恍惚惚的見到一絲光亮，想起曾在杭州的一家餐館吃過的「雪菜黃魚」。我每天在批發市場的魚攤上見到很多肚皮金黃的大尾黃魚，我把大尾黃魚和杭州的「雪菜黃魚」串聯起來，和老婆研究能不能端這道菜，老婆滿有信心的說：「沒什麼問題，杭州的小飯館也有這道菜。」沒兩天，我的新招再現——「雪菜黃魚砂鍋」。一斤四兩的黃魚配上雪裡紅，再搭配蘑菇、豆腐、筍片、大蒜頭，一鍋新菜就閃耀登場了。

客人被這鍋鮮美又肥嫩的黃魚折服了，不得不吃。為了給客人多一個選擇，「雪菜黃魚」分兩款，大鍋適合五人享用，夫妻二人就來選小鍋，總之，我就是要讓客人少喝酸辣湯，多點「雪菜黃魚」，不然我白混一天，我賺什麼？你覺得有理沒理？

有了「雪菜黃魚」的代打得分，我必須補強後續動作，我又推出「砂鍋獅子頭」，又推出「咖哩牛肉油豆腐細粉」。說起「咖哩牛肉油豆腐細粉」這道菜，又有一段歷史：一九六九年，我在《聯合報》工作，每天搭了公車到中華路下車後，必須要穿越西門町，來到康定路上的報社。在通過成都路時，騎樓下有一個小攤，專賣咖哩牛肉細粉，一大碗十五元。這一碗辛辣多油的牛肉細粉開胃又實在，只要走過騎樓，我必定來上一碗。一九七二年，我來到高雄，自此嚐不到咖哩牛肉細粉，多年後再去台北，又走在西門町，咖哩牛肉細粉的攤位不見了，但就在距離騎樓不遠的馬路對面一間店面上，掛著「咖哩牛肉細粉」大字招牌。看到沒有，一個小攤位已經轉換成店面了，像這種獨特口味又討好的小吃，不發也不行。

上海口味的「油豆腐細粉」也是我喜歡的小吃，台北市就有很多小店專賣湯包和油豆腐細粉。原本在高雄鹽埕區有間上海小館，也有油豆腐細粉，後來上海館收了，「油豆腐細粉」也就從此絕跡。經過我的一番組合，我在高湯內除了浸著傳統油豆腐和細粉，還有大片牛肉，起鍋前再添入咖哩粉，菜單上寫著「咖哩牛肉油豆腐細粉」。我把台北西門町小攤上的精華和上海人的小吃全都合併了，客人說好吃。不吃牛肉的人也不打緊，牛肉可以換成豬肉片，湯頭不變，就是雞骨與與豬骨的混合濃湯。上海人的「油豆腐細粉」盛在碗裡，我的「咖哩牛肉油豆腐細粉」是用小型砂鍋上桌，一鍋一百五十元，正是兩個人的分量。不想吃「雪菜黃魚」的客人，就來一鍋「咖哩牛肉油豆腐細粉」吧。

「砂鍋獅子頭」應該是上海菜，真正的上海館子必定有這道菜，我的餃子館標榜北京口味，但是穿插一道上海獅子頭，也是給客人另一個品嚐機會。獅子頭是我的拿手絕活，但不輕意表演，以往每逢春節來臨前，我必定會大展絕技：里肌肉中加一點五花肉，絞碎後，加入荸薺末。為什麼要添加荸薺末？這是為提升口感，因為有了荸薺末在碎肉中，嚼起來脆脆的，又香又脆，美極了。除了碎肉和荸薺末，少不了薑末和蔥末，攪拌後，再添加少許馬鈴薯粉，揉成團狀放入油鍋中，當肉團變成金黃色時，起鍋備用，這就是獅子頭。

「砂鍋獅子頭」也少不了高湯，先在砂鍋中用大白菜鋪底，獅子頭放在大白菜上面，再在周邊圍上青江菜，在小火中慢煮。砂鍋獅子頭端上桌時，只見翠綠的青江菜中間是金黃獅子頭，撈起獅子頭，底層又見雪白的大白菜，這一鍋，真是色、香、味絕佳。六個人，就來大鍋，八粒獅子頭；五人以下時，就點小鍋獅子頭。一家四口點三十五粒餃子，再來一鍋小號獅子頭，保證吃得好又吃得飽。花費多少呢？六百元有找。嫌貴的話，就請闔府去吃滷肉飯吧！

有了完整的砂鍋系列，有時也會碰上客人問一聲：「有什麼炒菜？」「有，湖南臘肉，蔥爆牛肉。」對不起，我們只有這兩道炒菜，但都是道地的家鄉風味。

就說湖南臘肉吧，絕對是湖南人的煙燻臘肉。為了尋找湖南人醃製的臘肉，倒是費了不少工夫。我先到鳳山的眷村打聽，沒有；又到岡山的官校眷村走訪，沒有；最後來到左營的各個眷村，在一片矮平房的小路邊，找到了，一串串臘肉在屋簷下曬太陽。那是冬天的日子，看著那一串串的臘肉，顯然就是手工醃的臘肉，而一股竄鼻的煙燻味，正是湖南農村的味兒。兩個婦人在張羅生意，一個老頭坐在躺椅上看電視，我過去和他搭訕兩句，一口的湖南鄉音，看他那體型也有七十靠八十的年歲了。我再跟他多說兩句，確定這些臘肉保證是維持了湖南原味，買回幾斤，自己試吃。我們用青蒜炒臘肉，清香中含著煙燻的家鄉味，不但下酒，也下飯。試吃滿意，立即出菜，點了湖南臘肉的客人，一定要配一碗米飯。湖南臘肉雖然吸引不少客人，但是成本也高，那個湖南老頭脾氣古怪，向他買臘肉只能稱讚，不得討價還價，把他惹火了，從此跟你拒絕往來，列為不受歡迎的客人。交往了一年過去，上月又去老鄉店裡買臘肉，每天掛在門前的臘肉不見了，其中一個女人說：「不做了，以後也沒有啦！」怪，怎麼不做了呢？多少客人都在等待他的湖南臘肉。我沒問原因，想必也問不出什麼原因。兩天之後，我在另一個地方又找到湖南臘肉，也是一個老頭做的，也是湖南人，可是脾氣卻好多了。

夠了，我的餃子館有了各式砂鍋，又有了兩三樣炒菜，應該夠了，再加上十來種小菜，給予客人相當豐富的選擇。我們沒有太多的炒菜，因為「趙老大北京餃子館」就是主打各類餃子，北京人吃餃子哪來的炒菜？我覺得已經夠多樣化了，我就在這種規格下經營下去。

02 新疆風味大盤雞

一九九四年六月底，也就在我退休的前兩年，我去了新疆。從那個相當龐大的機場走出來，登上一輛出租車。那個年代的新疆尚未發展觀光事業，所以從機場進入烏魯木齊市區的道路也是坑坑洞洞，黃塵滾滾，有很長一段距離見不到現代化的建築，都是土牆灰瓦低矮的小民房。在很多小民房的土牆上出現三個白灰大字「大盤雞」。

當時我以為所謂的「大盤雞」就是一種廣告，或許是什麼補品，也可能是一種中藥的品牌，就如同「虎標萬金油」、壯陽強身的「蠻牛」一樣。快要進入市區時，我又見到很正規的一幅廣告，寫著「新疆風味大盤雞」，原來，這是一道菜餚。我問司機，什麼地方吃得到大盤雞，司機指著路邊的小吃店說：「每家小飯館都有大盤雞，多的是哩。」

這次來新疆遊走的主要題目就是翻越天山，第二天我就在地方幹部小馬的陪同下出發了。為了細看新疆，我向地方政府借了一輛吉普車，便於隨走隨停，隨時可以停車拍照，隨時可以和當地人訪談。我一直都是運用這種方式走訪中國，也就是因為自由行動，所以幾乎嚐遍了中國各地的農村野味。

大清早，我們出發了，先在市場的一個路邊小攤上吃早飯，燒餅油條另有饅頭稀飯，油條絕對比台灣的大兩倍不止，而燒餅也有一個湯碗的口徑，我又聯想到昨天下機時見到的機場大廈，也是個龐然大物。我想，必然是新疆的地域太大，大得有四十六個台灣的面積，它地大物博，而且人稀，因而這裡的人做任何東西都是特大號的尺碼，這是我的推想。在推想中我聯想起寫在民房小店上的「大盤雞」，我問身旁的地方幹部小馬，大盤雞究竟有多大一隻？

「一個臉盆裝得下。」聽到沒有，一隻雞要用臉盆來盛裝，我說新疆的東西都是大尺寸，沒錯吧？就連家養的雞也是大號的體態，今天一定要見識見識。

在烏魯木齊足足繞了一個小時，總算駛出了市區。跨上郊外的國道後，就如同進入了農村，我又看到民舍小飯館的牆上出現了「大盤雞」的白灰大字。

跑了五個小時，也近中午，我們也該停車吃飯了，我建議小馬就在路邊小館吃大盤雞。來到一間比較體面的飯館，裡面有七張大圓桌，其中有兩桌已有客人在座，大家正吃得高興，原來都在吃大盤雞。

我問老闆娘，除了大盤雞還有什麼其他好吃的，老闆娘搖頭說，沒有，就是大盤雞。好，就來一隻大盤雞。在等候大盤雞上桌前，我和小馬聊天，聊到大盤雞。新疆是個少數民族的地區，以維吾爾族占絕對多數，還有不少回族，也有一部分漢人。維吾爾族和回族的人多是信仰伊斯蘭教，不吃豬肉，牛羊肉雖是美食，但卻價格不低，所以在長途汽車行駛的公路兩旁就出現了大盤雞。因為雞肉是回族和漢人都能接受的肉類，而且雞肉又比牛羊肉便宜，大盤雞就流行開了。

十來分鐘，大盤雞端上桌了，熱騰騰的大盤中冒著濃烈的辣椒味，這只盤子確實像個大臉盆。我問小馬，新疆的雞都這麼大嗎？「嗯，五六斤以上。」盤內除了大塊的雞肉，還有馬鈴薯和青椒，還有成堆的朝天椒，這就是新疆的一種特殊風味。

小馬說，新疆的長途貨運車都是兩名司機，晝夜不停的行駛，什麼時候餓了就靠邊停車，公路兩旁處處都是二十四小時營業的大盤雞小館，簡單又好吃，一隻雞兩瓶啤酒，花費不多，吃飽了又上路了。

我抬頭望去，側邊一桌的客人已經把一隻雞吃得差不多了，老闆娘自動的端上來一大碗煮熟的麵條，倒入大盤雞內，兩名客人用筷子把麵條和湯汁攪和一下，雞吃完，麵條也吃完了。我看他們買單，十二塊錢，就是這麼低價位。小馬說，麵條是免費供應，吃多少都不加錢，開卡車的師傅都是好飯量，有人一次吃一斤麵條輕鬆得很。我吃了幾塊大盤雞，確實很美味，辣又鮮，雞肉也嫩，辣油滲透在雞肉中，更是鮮美夠辣，不過，朝天椒又辣了，辣得全身冒汗，口舌冒煙。新疆人能吃辣，小馬吃得眉飛色舞，當老闆娘送上麵條時，我又勉強的嚐了一筷子，不錯，新疆人還真會動腦筋，竟然把超大的大號雞烹飪成這麼可口的特殊美食，而且大眾化，人人吃得起，人人都吃得很滿意，聰明。

在新疆停留半個月，吃了三次大盤雞，夠了，再吃就膩了。

七年之後，我走絲路，從陝西的西安進入甘肅的河西走廊後，一路朝西北方挺進，四天後，來到敦煌。白天走過沙漠區，夜晚就逛敦煌大街，我和老婆在街上蹓躂時，見到一間飯館門口豎著一塊牌子，寫著「新疆大盤雞」。見到這塊醒目的店招，必然勾起我的回憶，我們走進小館，必然要來一盤久別重逢的大盤雞。

絲路上的大盤雞要比新疆斯文多了，但兩人還是吃不完，我老婆能吃辣，吃得滿臉通紅，一盤雞竟然吃光。店老闆是新疆人，當然按照新疆大盤雞的模式，也附送一碗麵條。一盤雞就把我們撐住了，慢慢的散步回賓館。

隔了兩年，我們去寧夏，在銀川市郊夏王墓附近的小街上，又見到很大的招牌「新疆大盤雞」，原來新疆師傅已經向外創業了。中午這餐當然不能錯過大盤雞。這家館子生意火紅，可見新疆口味已在外地打出了名號。

吃過寧夏的大盤雞四年之後，我的餃子館也開張一年了，有晚，剛剛旅遊新疆回來的嘉裕老弟來店裡吃飯，和我聊起他的新疆見聞，他突然提起：「新疆大盤雞真是令人回味，你怎麼不試試看。」一語驚醒夢中人。大盤雞難不倒我，我老婆也對大盤雞印象深刻，試吃了一盤後，我就在店門口的看板上貼上新招「新疆風味　大盤雞」。

新疆畢竟是個遙遠的地方，新疆風味當然具有吸引力。客人問我：「新疆大盤雞是什麼口味？」我立即反問客人：「你能接受辣椒嗎？」只要客人對辣椒有愛好，大盤雞也就推銷成功了。為適應客人對辣椒的接受程度，我們的大盤雞分成四個等級；大辣、中辣、小辣、不辣。有對夫妻是吃辣椒高段，第一次吃了大辣的大盤雞後，還覺得不夠力，隔三天又來了，又點大盤雞加二十粒水餃。這回我叮囑廚房，用特辣侍候，果然這盤大盤雞對上了兩口子的胃口，吃後嘴角直撇，滿意得很。大盤雞必須辣，有人想嚐大盤雞又不能接受辣味，材料雖然少了辣椒，但新疆的風味也就不存在了，新疆大盤雞變成台灣的紅燒雞塊了，沒意思。

我們的大盤雞和新疆的大盤雞唯一的差別就在少了一碗麵條。麵條不值錢，但是每桌點了大盤雞的客人，一律奉送一碗麵條的話，那，我的餃子豈不是要滯銷了？我才不幹拿著石頭砸自己腳的傻事。

探索出很多客人對辣味的愛好後，我的特長就是見勁使勁，打鐵趁熱，我又在夜裡的一杯烈酒之前，思索新點子。我要在「辣」的圈子裡再創新高，我必須找出容易炒作又好吃的料理，因為太複雜的菜不曾做，我們廚房內沒有高手，終歸我們是以水餃起家，以砂鍋搭配，我就在有限的局面中找題目。找來找去，我的感覺進入時光隧道，我跑到台北的濟南路上去了。

早年，濟南路的頂頭對著空軍總部後門，每天都有一群群的空軍官兵在濟南路上餐聚。有位四川老鄉藉著這股人氣特旺的時機，租了一間破舊的小店面，掛出了一塊小牌子「川味豆瓣魚」。這塊小牌子掛出當天就是一個滿堂彩，以後的日子也是每天客滿。四川老闆什麼也不賣，只賣豆瓣魚，川流不息的客人也就是慕著「豆瓣魚」的名氣而擠進這間小店。生意好，三個月以後出現了另一間豆瓣魚；一年後，在一百公尺的街道上有了五家「豆瓣魚」，家家都是好生意。由此而知，四川人的口味多麼受人喜愛。時光拉回到三十多年之後，有次去台北，台北朋友引著我來到濟南路，原來豆瓣魚的小吃館已經有了七家，而且店面也比當年美化多了。我不得不信服豆瓣魚的吸引力真是歷久不衰，這道菜已經成了濟南路上的指標了。

我在高雄近幾年沒吃過正宗的豆瓣魚，我說不正宗就是吃不到淡水魚入味出來的豆瓣魚。鹽埕區上有家川味館，用吳郭魚充作主題食材，不好吃。四川省的豆瓣魚是用鯉魚為主角，四川的鯉魚產自山川河溪，沒有土腥味，台北濟南路上的豆瓣魚也採用鯉魚，來自桃園的養殖場，店家為了剔除土腥味，必須在水池內放養三四天。半年前又去台北，又去濟南路，魚館子還有，但是卻少見鯉魚，店家老闆說，鯉魚很難買到，多數養殖場都以草魚為主，他們用草魚作出的豆瓣魚，也很不錯。我點了一盤，口感很正，一點土腥味也沒有，肉質也不差，但是這套方式就不被高雄的川味館子採用，還是在玩吳郭魚的手法。

在這大串的豆瓣魚回味之後，我的主意已定，決定要把豆瓣魚帶進餃子館。第二天在哈囉市場的魚攤上找到一尾五斤重的大草魚，分割成十塊，區分為大盤四塊魚，小盤則是兩塊魚。我們店裡那位會炒麻婆豆腐的台灣阿嫂，豆瓣魚對她來說，輕鬆平常，二十來分鐘就把一盤布滿紅油的豆瓣魚端上桌了。

台北人吃豆瓣魚分兩道過程，第一道是先吃魚肉，當整尾魚只剩下骨架時，朝著服務生叫聲：「豆瓣魚回鍋。」廚師明白回鍋的用意，魚骨架和湯汁倒入鍋內，添入豆腐和鴨血，這就叫「紅白豆腐」，再加一些蔥花，又上桌了。剛才在吃魚肉時，多數客人都是用來下酒，現在回鍋後的豆瓣魚有了紅白豆腐，正是配飯的好料。一魚兩吃，酒喝足了，飯也吃飽了，美極了，難怪豆瓣魚狂賣，尤其四川老鄉的川味館，豆瓣魚就是一塊招牌。至今，豆瓣魚仍是台北川菜館子的招牌菜。

南部的客人哪裡吃過正統的豆瓣魚？我的餃子館推出傳統豆瓣魚後，不到一週時間，消息遠播，三五好友點了各式餃子後，也會嚐嚐獨特正宗的豆瓣魚。嗯，不錯，夠辣夠鮮，我的點子又成功了。

餃子館開張一年又七個月了，我的點子也出了不少，我還真憂心有天會「江郎才盡」，但是轉而一想，應該不會，我的點子全都在夜晚那杯烈酒之前產生，只要每晚一杯，點子就在悠悠忽忽中冒出來了。大家等著嚐吧！

DIY新疆大盤雞

半隻土雞，剁成小塊，在開水中燙十分鐘，或在鍋內小煮五分鐘也行。

蔥、薑、蒜、辣椒剁碎，一切都備妥後，將朝天椒投入油鍋中爆炒，炒出竄鼻的辣味之後，投入雞塊，翻弄五分鐘，加入切成塊狀的馬鈴薯，再混合翻攪，蓋上鍋蓋，十分鐘後，雞塊和馬鈴薯都已熟透，添入大塊的青椒和少許辣豆瓣醬，一盤新疆口味的大盤雞就上桌了。

03 西湖醋魚

一九八八年九月八日，我到浙江金華採訪「駕機起義」的吳榮根的父母，因為趕時間，我在杭州包了一輛計程車，連夜趕去金華，工作完成，又及時趕回杭州，打算搭晚班機去北京。計程車師傅送我回到杭州後，距離班機起飛還有兩個小時，他說，來到杭州應該看看西湖，也應該嚐嚐西湖醋魚，我當然同意，於是他帶我到了西湖岸邊，我就拍了幾張照片，做為「到此一遊」的紀念，隨後，師傅又領我到湖岸附近的一家小館，我點了一盤西湖醋魚和一瓶啤酒。這是我第一次嚐到西湖醋魚，酸酸甜甜的，肉質很細很嫩，確實不錯。

吃過這盤西湖醋魚後，隔了好幾年，我又因為採訪千島湖事件再去杭州，和當地朋友談到西湖醋魚，朋友哈哈一笑說：「現在我們杭州因為有了海鮮，所以不太吃西湖醋魚了。」果然就是這樣，進入餐館的客人，只要點醋魚，服務生就知道是外地客，因為全中國的人都知道杭州有兩道美食，一道是西湖醋魚，另一道就是東坡肉。如今杭州人已把西湖醋魚淡忘了，對東坡肉也沒啥胃口，只有觀光客來到杭州，進了餐館必定會來一塊東坡肉，再來一尾西湖醋魚。

杭州人忘了西湖醋魚，我沒忘，我念念不忘。趁著我老婆返回杭州度假探親之便，我提醒她把西湖醋魚的底子摸清楚，我另有安排。

老婆一個月的探親之旅結束，帶回不少江南土產，也帶回西湖醋魚的祕招。就在我第一次嚐過西湖醋魚的十六年之後，一盤油光透亮的西湖醋魚端上了「趙老大北京餃子館」的餐桌，有福氣品嚐這道西湖名菜的客人是一個家庭組合，全家六口，老爺子八十五歲，小孫子也有十六歲，個個對著那盤只剩下少許骨架的盤底說：「好吃，好吃，真好吃！」

我是善於打鐵趁熱的人，待老爺子一家人走出店門後，立即在店口的看板上貼出大字報：「來自杭州～西湖醋魚～限量供應，好吃，不在話下！」看到沒有，這張大字報多有分量，多夠吸引力。沒錯，在這張大字報公布後，當晚就賣了七盤。第二天，我又向哈囉市場魚販子買了三大尾草魚。

我老婆說，杭州當地的西湖醋魚都是用整尾的鰱魚為食材，一尾鰱魚一斤左右，置於盤中，有頭有尾，漂亮體面。台灣也有鰱魚，台灣人稱為大頭鰱，大頭鰱的頭特大，只能做砂鍋魚頭，由於身體的刺細又多，不宜作西湖醋魚。台灣的淡水魚中還有鯉魚和草魚，鯉魚少見，而且有土腥味，酸甜混合的口感中如果含著土腥味，整個大局就被破壞了，所以我們採用草魚取代杭州鰱魚。現在南部養殖戶飼養的草魚起碼在五斤以上，從背部剖開，分成兩片，再分段切割，大盤用大塊魚肉處理，小盤的用小片魚肉上桌，三人一桌的就上小盤醋魚，五人以上就來份大盤醋魚，蔥絲薑絲混著紅辣椒絲覆蓋在魚片上，最上層則淋著酸甜又勾芡的湯汁，展現在客人面前的剎那保證立即產生開胃感，絕對有股驚豔效果。

我老婆堅持在調理酸味時，一定採用道地的鎮江香醋。台灣的醋有各式廠牌，但只有酸度，卻少了香味，唯獨鎮江香醋可以達到濃酸中保留香味的水準。我在大賣場找到真正來自江蘇鎮江的「鎮江香醋」，價格不高，口感絕妙。

短短十天時間，西湖醋魚有了知名度，經常光顧海產店的本土客人，也來到餃子館嚐嚐另類口味。一家三口，三十粒餃子，一盤醋魚，再來一個酸菜白肉小砂鍋，八百元夠了。你嫌貴嗎？別搞錯了，那盤醋魚是來自杭州的絕活，在我們這方圓三百公里的土地上，你就找不到第二盤，物超所值，你該了解！

我們是靠各式水餃起步的，但是仔細盤點，現在在魚類上就有「雪菜黃魚砂鍋」、「紅燒大蒜黃魚」、「四川豆瓣魚」，再加上「西湖醋魚」，成績不差啦。想再添加嗎？應該還有一道，「酸菜魚」，又是我老婆的才華表現。不過，魚頭的挑選上還在評估中，一旦找到合適魚頭，在這方圓三百公里的土地上的第一鍋「酸菜魚」就可展現了，必然又是造成三百公里方圓之內的再一次震撼！

04 各式小菜

開了餃子館之後，我有個新發現，發現現在的女人太懶，懶得連炒個小菜都沒興趣。也正因為台灣女人漸漸變得很懶很懶，所以我的餃子館才有客人上門。

有天我憋不住了，我就是看不慣懶女人，我開口了，面對一位專門來買小菜的太太開口：「這麼簡單的菜，為什麼不自己炒炒，太簡單了。」

「懶得動嘛！」她面對著玻璃罩，罩內排滿了各式小菜，又說了一句我愛聽的話：「你們的小菜就是好吃，自己炒的不好吃，所以我才來買你們的小菜。」

「你們今晚就全家吃小菜嗎？為什麼不帶三十個餃子回去？」我是趁勢加碼。

「我煮了一鍋飯，配上你們的小菜就夠了。」

「專吃小菜，怎夠？還不如打包一鍋酸菜白肉回去，下飯又經濟。」我再加碼。

她唸了幾句：「酸菜白肉鍋？」抹著很厚唇膏的嘴唇動了幾下，或許在回味酸菜白肉的滋味吧，終於肯定了：「好，我就帶一鍋酸菜白肉回去，多加些白菜。」

她的晚餐解決了，我的生意也做到了，我還平白的給她上了機會教育課。爽斃啦！

我們的小菜件件好吃，的確也是事實。再坦白的告訴你吧，我們小菜雖然不是天下美味，但起碼在台南以南各縣市已經小有口碑，且聽人家說：「趙老大餃子館的餃子多汁，小菜也道地。」這話傳到我的面前，挺受用的。

開了餐館，我在明察暗訪後，發現很多餐廳的小菜都是象徵性的三五樣，幾乎都是在果菜市場批購來的。高雄果菜市場內有兩三個攤位專賣小菜，台式小菜，有點甜又有點小辣，菜式不同，但口感一式，餐館論斤買進，再分裝小碟出售，利潤不低，但是這款小菜對客人沒有誘惑力，可吃可不吃。有的餐館也擺出自製的小菜，但充其量不過就是滷味，包括豬耳朵、海帶片、豆乾、素雞、滷蛋等等，或者還有一盤涼拌小黃瓜、皮蛋拌豆腐，就是這幾件，天天如此，全年不改，來過兩三次的客人就倒胃口了。小菜在多家餐館不是主打，而我們的店卻把小菜視為主力之一。

提起小菜，當然要誇誇我的老婆。我老婆是杭州人，杭州位於江南，台灣人必然對江浙菜對味。沒錯，江浙菜就出自江南，杭州女人個個會烹飪精緻菜餚，杭州女人對於吃從不馬虎，在家中跟著母親學，嫁人後親自下廚，每餐晚飯總得四菜一湯，兩葷兩素，配上一碗筍乾清湯，全家吃得樂透，明天晚飯又有變化。一個星期的晚餐即使不會變得七天不一樣，但也要變出四五樣。杭州女人把烹飪視為責任，也當成樂趣，責任加上樂趣，你就可以想像餐桌上是什麼模式了？

就在這股模式下，技術轉移，轉進了「趙老大北京餃子館」，我們的小菜想不討好，那是不可能的。

我老婆不但把老媽的家傳轉入餃子館，還有研發創新的頭腦，你說說看，她算不算是天才老婆？

剛開張初期，我們也只有五六樣小菜，三個月以後就出現十種以上的樣式，而且絕對不是一般餐館端得出來的，每道都是我老婆親手調理。這不是自我誇張，這是多位客人說的：「趙老大的小菜樣式多，百吃不厭。」聽到沒有，這是客人說的。

開張八個月後，我老婆趁著返回杭州探親之便，在杭州本地搜尋小菜材料。為了全面了解，她在二十天中，跑了十二家杭州小館，每家小館都是杭州本土料理。杭州人講究吃小菜，飯館裡當然都是琳琅滿目，擺滿了整座櫥櫃。我老婆一邊吃，一邊細看小菜的材料，再慢慢品嚐口味，把認為符合台灣人口感的小菜一一記下，回來後，經過她的改良，台灣客家人有一道苦瓜炒鹹鴨蛋，我老婆卻把來自杭州的南瓜炒鹹鴨蛋上桌了。南瓜是金黃色，鹹鴨蛋是雪白色，在金黃中透著一層雪白，晶瑩剔透，好看又好吃。台灣一年四季都有南瓜，價格便宜，一次買十幾個堆在冰箱，每天都有這道小菜。沒想到這道小菜上桌後，立即轟動。南瓜在削皮切塊後，稍稍翻炒再加入切碎的鹹鴨蛋，南瓜是粉粉的，鹹鴨蛋有些彈牙，無論男女，不計少年老年，都愛吃這道來自西湖岸邊的杭州小菜，一頓午餐時間就得供應兩大盤。吃慣了的客人每次在車行途中就掛來電話：「南瓜炒鹹鴨蛋還有沒有？給我留兩碟。」

很多客人來到餃子館，不先入座，直奔櫥櫃，先點了南瓜炒鹹鴨蛋，再回桌點餃子。我真沒料到，這道很普通的家鄉小菜，怎麼這般吸引台灣客人？

別急，還有著哩，油爆筍，也是杭州開胃菜，因為杭州附近山區盛產竹子，有竹子就有筍。竹筍的種類多，吃法也不一樣。我老婆取出竹筍中段，切成寸長，熱鍋加油，油鍋透亮後，竹筍混著辣椒、大蒜、薑絲傾入鍋內，稍稍翻動幾下，就可起鍋，脆嫩可口，又成了美味小菜，也是極為叫座的小菜。杭州因為筍類不下二十種，杭州人又懂得處理，所以單單一類竹筍小菜，我們就可翻出三種吃法。

再看一道「涼拌五香豆乾」。杭州人喜歡用香菜拌乾絲，我老婆不用乾絲，而用五香豆乾。市場買來的小塊五香豆乾，切成細絲後，拌入香菜，加點細鹽和香油，就這樣，就這麼簡單。這麼簡單的小菜卻不被家庭主婦們學習，偏偏到店裡來買一包回去。好在有這麼多好吃的客人，我才有得賺呀。

另一種很普通的小菜也是討好得不得了，話梅煮花生，這也是老婆在杭州學來的。很簡單，就是買包話梅，花生五斤，混在一起煮，少添一點五香大料，放在快鍋內只需十分鐘就可放入小菜櫃中。攤涼後的話梅花生，酸中帶甜，很適合大眾口味。「這是怎麼煮的？」很多客人發問，「話梅和花生煮在一起就成了。」我答。說來就是如此，但卻沒人回去試著做，想吃話梅花生就得來餃子館。話梅花生又成了「趙老大北京餃子館」的獨特小菜。

大家必定都吃過雪裡紅，就是那種醃漬成的翠綠色青菜。家庭主婦也會炒雪裡紅，一家大小幾乎都愛吃開胃的雪裡紅，但是家庭主婦炒雪裡紅就是辣椒、大蒜混著雪裡紅，頂多再加一些肉末，這是家常菜。但是雪裡紅落入我老婆手裡，又有了變化。她在雪裡紅中添入新鮮毛豆，也加一些碎肉，如此一來雪裡紅有了清香味，也另有一番口感。腦袋稍稍一轉，菜色就不同了，也開啟了客人的味覺。愛喝啤酒的客人很喜歡用雪裡紅炒毛豆配啤酒，在透心涼的啤酒中夾著雪裡紅的清脆美味，又是一種感覺。

有些太太吃了我們的雪裡紅，回家仿製，不行，打電話來問：「怎麼我自己炒的雪裡紅口感太差。」我明白，這位太太除了火候沒拿準，另一原因就是貨色不對。我天天跑批發市場，跑出了學問，每樣菜都有它的特色，雪裡紅雖然價格不貴，但也有學問：凡是過老的青菜醃漬出來的雪裡紅必然沒有清脆感，而且色澤還有點泛黃，不好看，也不好吃。但是專挑細嫩的青菜醃漬成的雪裡紅，就是不一樣，人人看了一盤青綠發亮的雪裡紅配毛豆，當然要來一碟了。我想這位太太就是把三等級的雪裡紅下鍋了，難怪不能和我們的一級雪裡紅相比。我買菜的唯一原則就是專挑高價品，只要把最好的東西送到客人面前，必然會引導他再度光臨。

在一字排開的小菜中，我趙某人也有北京小菜。北京人入夏後，晚飯桌上少不了一道用雞絲、綠豆粉皮、黃瓜絲混合的涼菜，這三種混合菜加入芝麻醬和芥末，攪拌後，又香又嗆又脆，好吃得不得了，這叫「雞絲拉皮」。在禽流感侵台期間，我就用牛肉絲取代雞絲，照樣有賣點。

我在湖口裝甲兵基地服役期間，有段時間被選為伙食委員，整天不出外演習，在伙房內和老兵鬼扯。老兵很愛吃黃豆芽炒油豆腐，再加入青蒜和辣椒，這道價格極低又容易料理的菜，成為大家的共同愛好。我的連長是湖南人，辣椒是每餐不能少的配料，我就買了一些朝天椒配在黃豆芽炒油豆腐的大菜中，很得連長歡心，但卻苦了台灣充員兵，太辣。我不管，只要連長高興就夠了。

我當了一個月伙食委員，又連任一個月，回到營房那天，連長還放了我五天慰勞假，想必就是黃豆芽炒油豆腐配上朝天椒的成果。想起這份成果，我就原汁原樣的上了餃子館的小菜行列，但是朝天椒卻換成了不太辣的長根紅辣椒，東西雖然普通，但是下酒又下餃子，一天也總得賣出三大盤。

家家小餐館必然少不了涼拌小黃瓜，我們也有，但是我們的樣式與眾不同。別家都是把小黃瓜切成一小段一小段，而我們卻是用刀拍打小黃瓜，拍打後的黃瓜成不規矩狀，長短不一，有點鄉野味，加入蒜末和辣椒後，又好賣了。

你一定吃過皮蛋拌豆腐。我們不跟著大家跑，我們創新，我們用老豆乾拌皮蛋。老豆乾切絲，加入皮蛋，加入各式佐料，你想想看，是什麼口感？必然比一般水嫩嫩的豆腐拌皮蛋要好吃多了。

小菜，沒有一定規格，沒有人去指導，全憑個人感覺和構想去創造。我和我老婆想到什麼就做什麼，譬如夜深睡不著，想到一道菜，想必應該不差，第二天就從市場買回材料，當天中午就上桌了。就拿滷豬耳朵這道家家有的小菜來表道我們的智慧高人一等。任何一家大餐館或是路邊攤，幾乎都是豬耳朵就是豬耳朵，豬頭皮就是豬頭皮，而且滷熟後，攤在盤子裡由客人選購。我們沒有分類，混在一起滷，經過滷水慢燉，八分熟時，撈起攤涼，再切成薄片，加入蒜泥、碎辣椒、蔥絲，香油，拌攪後上桌，嚼在嘴裡，脆中帶軟，軟中有脆，愛好喝啤酒的客人，又多了一碟下酒好料。

我本人還有一道北京涼菜，也是在台灣的餐館沒見過，涼拌茄子。北京的茄子是橢圓形，台灣茄子是細長條，但味道相差不大。北京人在夏季的晚餐上，多是一盤饅頭，一盤拌黃瓜，一盤拌茄子，一碟子大蔥混著甜麵醬。北京人很少喝湯，啃饅頭啃得口乾，桌旁就是大碗涼茶，一頓晚飯也就解決了。我在買菜時經常見到大簍大簍的茄子，便宜得很，勾起北京夏天晚餐的回憶。買了三斤回去，洗淨茄子，放入電鍋中蒸，二十分鐘就烝透了。待涼透後，再拌入各式佐料，再放入冰箱冷藏，中午就可上桌。太多旳客人沒見過這款怪樣的茄子：「這是什麼菜？」「涼拌茄子。」「好，給我一盤。」好奇混著嘴饞，很快成了搶手小菜。

「趙老大北京餃子館」中不但有江南小菜，也有了北京風味的涼菜。有天我想吃麻婆豆腐，我們店裡有位來自澎湖的太太，曾經在馬公市內的一家川味館上班，學得幾樣家常四川菜。我請她炒一盤麻婆豆腐，確實是馬公市最出名的川菜館出來的師傅，下飯好菜。我吃了第二碗後，有了靈感，獨樂不如眾樂，乾脆就把這道麻婆豆腐也當小菜吧！於是在江南北京之外，又多了一道川味小菜。

既然有了麻婆豆腐，當然不能少掉四川泡菜。我特別喜歡吃泡菜，但是極少吃到真正的四川泡菜，市面上的廣式泡菜都是用醋和糖混合泡成，又酸又甜，不合口味。我在當兵期間，看過老兵泡的四川泡菜，我記住了，我開始仿製。在一只大型的玻璃缸中，倒入冷開水，再加鹽，待鹽粒溶解後，加入炒過的花椒和紅辣椒，以及薑片，最後放進撕成片的高麗菜和切條的白蘿蔔，當一切就緒，再加一小匙高粱酒。台灣公賣局的高粱酒雖有力道，但缺乏那股醇香，所以必須要用金門高粱。放在冰箱內，三天後就當成小菜出售了。多數四川老鄉不把泡菜缸放在冰箱內，台灣天氣太熱，放在外面很容易造成發酵作用，一缸泡菜汁用一次就要換掉，而置入冰箱可以使用一個月也沒有變化，何況老湯泡的泡菜更有味道，這才是真正的四川泡菜。我的四川泡菜端出沒一個星期，就賣了兩缸。有位太太每隔三天就來買一包回去，她說，早晨吃泡飯，晚上吃消夜，有了泡菜就開胃。

別小看一碟碟的小菜沒啥稀罕，別家小菜不稀罕，本店的小菜也不稀罕，但卻是獨家配方，獨家出招。就因為這樣，小菜竟然成了餃子館的另一塊招牌。

05 牛肉泡饃

到過西安的人，必然對羊肉泡饃念念不忘。

不管是旅遊團隊，或是外鄉人來到西安，絕對會吃一餐羊肉泡饃；不吃這碗羊肉泡饃，似乎就沒有到過這個絲路的啟步都城。羊肉泡饃成了西安的鄉土性極濃的餐食。

其實，大西北地區的寧夏、甘肅、青海、新疆等地都有羊肉泡饃。或許西安的羊肉泡饃湯好，肉鮮，或是饃饃有勁道，所以特別有名氣，不過，我在寧夏和甘肅吃過的羊肉泡饃也覺得不差。

我在西安停留過十五天，天天早晨必然是一碗羊肉泡饃，吃了多天後，才弄明白原來湯碗裡的肉片不是羊肉，而是牛肉。向老闆打聽，老闆說的有理，因為時值夏天，羊群還沒長大，因而每年的六七八三個月，西安的泡饃就用牛肉取代，味道也不錯。

我在高雄吃過一次泡饃，店家一知半解竟然掛出一個看板：「毛澤東的美食羊肉泡饃」，毛澤東是湖南人，怎麼可能和西北的饃扯上關聯？因而在店家自認為別出心裁七拼八湊的手藝下，端上桌的羊肉泡饃就是一碗羊肉湯裡多了幾塊餅而已。這家店開不到三個月，毛澤東的美食就不見了。

或許我吃過太多的羊肉泡饃和牛肉泡饃，我的做法堅持一點，那就是要維持西北泡饃的精髓；湯濃、味重、肉多。

當我和老婆取得及時推出牛肉泡饃的共識後，問題來了：到哪裡去找「饃」？西北人的饃在台灣也曾出現，就是「槓子頭」。西北人稱饅頭、大餅都稱「饃」，但是在台灣卻把那種死麵搓揉的、經過烘烤而成的麵食，叫「槓子頭」。不必去研究名稱的由來，先去尋找槓子頭。早些年，在台北有賣，在高雄的幾個外省居住的眷村也有槓子頭。眷村裡有山東老鄉，有西北老鄉，他們是槓子頭的行家。因為外省人多，所以愛吃槓子頭的人也多，槓子頭不在乎沒有生意；幾十年過去了，眷村早已換成了第二代第三代，會烤槓子頭的老芋頭凋零了，愛吃槓子頭的老芋頭也在牙口殘缺的情況下咬不動了，槓子頭成了絕活。我四處探聽，到眷村的活動中心尋找線索，沒消息。有天晚上，一位海軍退伍的老芋頭來了電話：「鳳山工協新村的市場邊上，有間小破屋，能夠買到槓子頭。」

沒錯，工協新村早年就是眷村，海軍眷屬占多數。我按照方向找去，果然找到那間有夠破的小屋，好在門口有個大看板，上面列了多種北方乾糧，槓子頭名列第一。我一口氣買了十個，先試試客人的反應。本來我們也想調理羊肉泡饃，但是在台灣不容易買到類似西北地區的大肥羊肉，泡饃泡在清湯稀水中，就不夠分量，也不像「泡饃」，我們必須改良，改為牛肉泡饃。牛肉採用紐西蘭的牛肋條，因為牛肋條含著油脂，再加入牛大骨，為了配合本地口味，少不了加上番茄醬和胡蘿蔔。

在這種高脂又高質量的組合後，泡出來的饃夠誘人的，果然如預期的成功，當我在門前看板上貼出「大西北美食，牛肉泡饃登場」的第一天，就賣出了十二碗。多數人都是存著好奇心，嚐嚐這種大西北的風味，很多人會問「饃」是什麼東西，我必須反來覆去的解說「饃就是大西北的麵食……」。半個月後，泡饃的賣點有增無減，想必是吃上癮頭了，北方老鄉約了北方老鄉來到我們店裡，除了吃餃子，還要來兩碗泡饃。我看得出來，這些來自北方的客人，除了回味家鄉風味，也在回憶家鄉風情。濃湯硬饃，真是夠味，真有數不盡的家鄉趣事。

為了反映大西北的粗獷民風，牛肉泡饃一律用陶燒的特大碗公，一個人一碗足夠，三人共吃一碗，嚐嚐新口味，再配上三十個餃子，也是一餐好吃的料理。入冬以後，愛喝酒的老鄉們，喝著白乾，配著牛肉泡饃，熱烘烘的，花錢不多，卻有回家的感覺。很多老鄉早先來餃子館是為了吃餃子，有了牛肉泡饃後，兩者皆愛。吃不完的饃，打包帶回去，太多的老鄉說：「家鄉口味，就是好咧！」

看著客人細嚼碗裡的饃，品味牛肉濃湯，臉上的表情是愜意的，滿足的，我也很滿足，怎麼也沒料到中國大西北黃土高原上的民間食品，在時隔五年後，竟然成了「趙老大北京餃子館」的叫好美食。我總覺得嚼饃是種感覺，喝湯才是味覺上的享受。看來一碗油亮亮的濃湯，但並不膩嘴，上面鋪著青蒜，再加上西安的辣椒粉，更是另一種風味。提起西安的辣椒粉，我就建議老婆也應提供辣椒粉給客人自行取用，但是我老婆精益求精，她把市面上賣的辣椒粉先在油鍋內稍稍煎炸，起鍋時再灑上白芝麻，又香又辣。這道自創辣油不論沾餃子或是淋在牛肉泡饃上，都是絕配。我老婆就是聰明，我們兩個的智慧加在一起，也就難怪客人讚不絕口，我的餃子館總算有了起色了。

缺貨

泡饃賣得正好，賣泡饃的老闆娘來電話，她丈夫動手術，打算停業一段時間，等再開張時會打電話通知我，至於究竟停業多久，沒有把握。我有點急，但是總不能讓人家丈夫療養期間再為我烤饃吧，斷了饃就等於斷了頗受歡迎的牛肉泡饃，怎麼辦？廚房的存貨也只能維持兩天的供應量，我腦筋轉彎，又轉到眷村。我往鳳山奔去，進入眷村還有一段路的大街上，見到一間小店的門框上掛著一塊小小招牌「山東饅頭，山東大餅」，好極了，必定生產槓子頭。一位光著臂膀的老人回答我，「饅頭天天有，槓子頭是每星期六烤一次，必須預訂，訂多少烤多少。」我訂了五十個，先付錢後取貨。聽老人的口音就是山東老鄉，我問他怎麼不天天烤槓子頭？「吃槓子頭的人都老了，牙口不行了，再說烤槓子頭很費時，全是手工打壓出來的，所以一個禮拜只能烤一次。」

有了槓子頭，不煩牛肉泡饃缺貨了。一大碗牛條肉燉的濃湯中泡著顆粒狀的饃，能吃辣的客人再灑幾滴辣油，真夠味。牛肉泡饃在我的店裡已成了排行第三名的熱賣美食，北方人來回味大西北的風味，年輕人則是懷著新鮮感來嚐嚐口感十足的這碗麵食。一匙入口，細細咀嚼，啊，原來這就是牛肉泡饃！在台灣不敢說是獨一無二的美食，在高雄地區絕對是獨門生意。

06 牛肉麵・酢醬麵

水餃和牛肉麵似乎成了台灣麵食店的一個配套規則，賣水餃的一定配上牛肉麵，看到牛肉麵館的招牌，必然也在旁邊加註兩個字：「水餃」。我的餃子館中當然不能沒有牛肉麵，我比別人多一道，我還有酢醬麵。

說穿了，北京人在早年沒有吃牛肉麵的習慣。北京人吃的麵簡簡單單，什麼打滷麵、酢醬麵、番茄雞蛋麵，就這三種。北京人為什麼不吃牛肉麵？不了解，或許老北京人根本不知道牛肉如何和麵混在一起。不過，一九八七年之後，北京大街上出現了「加州牛肉麵」的店面，五塊人民幣一碗，我沒有去吃過，因為看到「加州」兩個字，總覺得不中不西，老美怎會做牛肉麵呢？北京人抱著好奇心到「加州」嚐試牛肉麵，沒有什麼評論，只是在當年覺得價錢太高。開玩笑，五塊人民幣一碗，幹麼？我不會在家裡來碗打滷麵，五塊錢的配料，全家人吃飽啦。後來北京的小麵館也賣牛肉麵，兩塊錢一碗，也有一塊五毛錢一碗的，北京人還是不太受應，北京人就是對牛肉麵沒啥好感。兩岸開放後，也有台灣人到北京賣過牛肉麵，情況也是不太好，但是牛肉麵在台灣卻是最平民化的一種麵食。我的餃子館在開張初期也沒有牛肉麵，後來有些客人來到店裡見到菜單上沒有牛肉麵，轉頭就走，三五個客都是這股不屑的樣子，我緊張了，我必須入境隨俗，必須把牛肉麵端出來。

平時我在家中偶爾也煮牛肉麵，我老婆常批評說：「你呀，你只有牛肉麵還合我的胃口。」

我在台灣吃過很多地方的牛肉麵，真正對我胃口的只有一家，在台北，在延平南路上的一家清真館。清真代表伊斯蘭教信徒，這間清真館開了三十多年，從小攤變成大店面，生意一直很好，原因就在他們的清燉牛肉麵創出好口碑，而且麵條又是親手製成的刀切麵，湯頭更是不在話下。在南部也有人賣過清燉牛肉麵，不很理想。南部人吃慣了紅燒牛肉麵，所以我也得跟著大眾胃口走。我所採用的牛肉是肋條肉，先過一次開水小煮後，把肉裡的血水擠壓出來，少許沙拉油在鍋內煉熱，放入蔥、薑、蒜、辣椒爆香，隨即把牛肉放入翻弄炒作，再加入醬油、鹽等，待牛肉已經冒出肉香，轉入煮鍋中，加入番茄醬或切碎的番茄末，加水，加酒（當然是金門高粱最好，否則用台灣的料理米酒也行），經過兩小時微煮，牛肉麵的原汁就算煮成。麵條煮熟後，加入牛肉原汁和大塊牛肉，一碗牛肉麵就可以上桌。

吃牛肉麵的客人幾乎都是重口味，如果湯頭太薄，客人不喜歡。為了使湯味又濃又厚，我們現在都熬了一鍋牛骨湯，在起鍋的牛肉麵內加一瓢牛骨湯，看起來亮麗，喝起來又夠勁。

高雄這個都市很怪異，以火車站的前後站為界，前站叫南區，後站叫北區；選立法委員時，也是以南北區為界線；但是說明白了就是南區屬老高雄，北區則算是新興城區。老高雄地盤的吃住都比北區來得高，就以牛肉麵為例，南區的一碗牛肉麵少說也在八十元，北區則偏低，在左營一帶的大街上，一碗牛肉麵最貴也賣不到七十元，都在五六十元的邊上打轉。有條街上的十字路口上開了三家麵館，三家都用牛肉麵打拚，都在牛肉麵上別苗頭。四川老鄉經營的那家麵館在火拚正熾時，突出奇兵，門前掛出了大紅布條，寫著「紅燒牛肉麵四十八元，肉多，湯濃」；對門一家是三個女孩子合夥的麵館，雖然沒有立即降價，但卻以奉送小菜為手法。我在想，這樣拚下法，如果把四川老鄉搞火了，說不定哪天會掛出「三十八元一碗」布招。由此可知，牛肉麵在南台灣的賣點是多麼狂熱了。我的牛肉麵推出後，八十元一碗，因為我在南區，南區都是這個價碼。再說，以我們的裝潢，以我們的真材實料，絕不能以低價拚業績，不但不能拚，而且還要有一定的風格。所以六個月後，我們的牛肉麵不跌反漲，漲到一百元一碗，客人沒有意見，因為我們的牛肉變大了，又多了兩塊。說來更是奇特，北區人吃牛肉麵比較計較價錢，南區人吃牛肉麵則不在乎十塊二十塊，要的是肉大又多，湯頭還要濃厚。我們的牛肉麵就是肉多、湯濃又大碗，一百元一碗也受歡迎。

再說酢醬麵，我們的這碗酢醬麵可真是道地的北京口味，不是台灣麵攤上用肉臊混合的酢醬麵。我在市場的一個雜貨攤上，發現了老兵釀造的甜麵醬，很香，但不是很甜，比超市的甜麵醬更有北京味。我老婆用碎豆乾、酢菜丁、蔥花、五花肉末混著甜麵醬慢火煎熬，一直要見到醬內浮起油亮才能收鍋，這碗醬即使不拌麵，用來拌飯也是好料。台灣麵攤上的酢醬麵中放了黃瓜絲，但卻少了綠豆芽，我們除了這兩大配件，還有胡蘿蔔絲，又綠又紅，端上桌，客人看了那副鮮豔的色澤就忍不住要大口吞麵了。

有幾位醫師，每週必定來餃子館午餐，必定是韭菜餃和高麗菜餃，各三十粒，再配兩碗酢醬麵。我們的麵碗都是大碗公，一碗酢醬麵可以分成三小碗，大家分著吃，目的就是要嚐嚐那股酢醬的香味兒。

最近很多麵館流行麵疙瘩。麵疙瘩是南方人的吃法，因為南方人不會調製麵食，想到吃麵就將一碗麵糊用湯匙散在鍋中煮熟，撈起前再放入肉絲和調味料，一碗麵疙瘩就成功了。北京人懂得吃麵食，北京人吃的麵疙瘩叫「撥魚兒」，因為北京人在調好一碗麵糊後，用筷子將麵糊沿著碗邊一條條的撥入鍋中，在滾開的湯裡，細長的麵條如同小魚，根根一樣，有嚼頭又有看頭。北京人就是會弄麵食，我是北京人，待哪天有了興致時，也把北京的「撥魚兒」推出上市，請大家比較一下北京人的「撥魚兒」和南方人的麵疙瘩有什麼不同。

熱湯麵

北京人對於麵食真的有一套，即使家裡沒有什麼像樣的菜，但是家庭主婦也會在三十分鐘內煮出一鍋可口的麵條。她先把麵揉好，稍待五六分鐘後，再將麵團擀成一塊很薄的圓餅，摺疊成一落，用刀切成條狀，這就是所謂的「刀切麵」。台灣的機器麵條很普遍，甚至連拉麵也是用機器壓成的，所以刀切麵也就「失傳」了。

主婦將刀切麵在開水內煮成八分熟，撈起，再用番茄和雞蛋炒成一盤，再放入水中加熱，八分熟的刀切麵投入湯內，盛入碗中，這就是北京人最普遍的「熱湯麵」，如果再涼拌一盤小黃瓜，一餐也就打發了。這種吃法經濟又實惠，又快速。「熱湯麵」在西北地區也流行，農村人在冬天都吃「熱湯麵」，捧著一碗冒著熱氣的「熱湯麵」，麵上再灑一把乾辣椒，配一碟鹹菜，夠味又熱呼，唏哩呼嚕吃上兩碗也不嫌多。

酢醬麵也是農村的主食。豬油和甜麵醬配上大頭菜，煉出一碗好醬，夏天存放一個星期也不會變味，冬天氣溫在零下十度左右，一碗酢醬放上一個月也不成問題。一碗煮熟的刀切麵，添入酢醬，再抓一把黃瓜絲和綠豆芽，就是一碗酢醬麵。北京人吃酢醬麵必然不會忘記淋上黑醋，再來一粒大蒜和一段大蔥，哎喲喂，您就想想那股天上人間的美味吧。北京人不論男女老少，吃起酢醬麵都是大口大口的吃，小口的細嚼慢嚥就是不過癮，就算他是高幹，他是校長，她是黃花大閨女，但是在酢醬麵之前，也就放下身段，入麵隨俗，大口的吃吧，大家都是同一架式，沒人笑您的。

台灣南部的麵攤也有創意，酸辣麵特別流行。其實說穿了沒啥稀奇，因為一般麵攤都賣水餃，有了水餃必然有酸辣湯，他們在一碗酸辣湯內加入煮熟的麵條，就稱為酸辣麵，就是這麼簡單。但是因為湯內加了麵條，價格也要調高。南部的上班族小姐對酸辣麵有好感，原因就在又酸又辣又便宜，花五十元就解決了一頓午餐，在精打細算的姑娘面前當然受歡迎。有哪一天，我把北京的熱湯麵也推出，必然會讓上班族一陣驚喜，這是想像中的現象。

IV 跑堂筆記

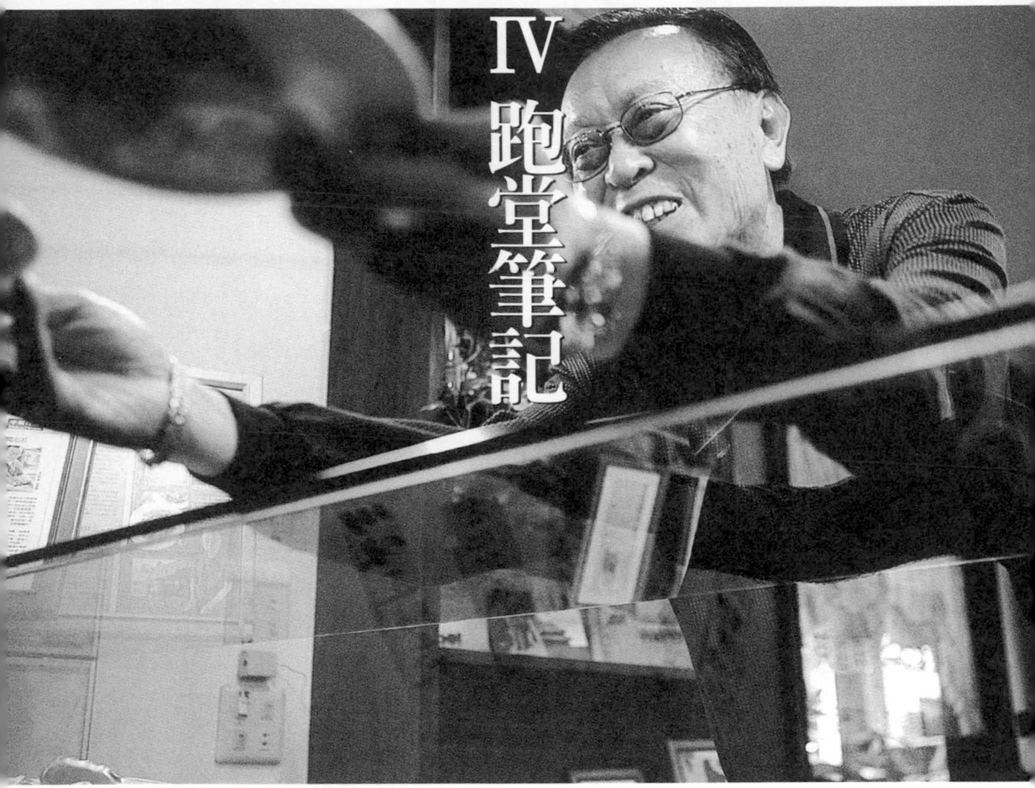

01 嗨！那個跑堂的

我的一生有幾個大型經歷：

一九四三年，我媽死了，我爸離家出走。

一九四四年，離開故鄉北京。

一九六一年，進入新聞界，一直到一九九六年退休。

一九八七年，偷跑進入中國大陸，第一次返回故鄉北京。

一九八九年，目睹六四天安門事件，並日夜不停向台灣發送最新實況報導。

一九九一年，五十五歲學會電腦，並使用電腦寫稿，在當時的報社中算是第一個利用電腦的記者。因為當時報社正在計畫兩年後全面進入電腦作業，我知道我笨，所以自己花錢到補習班學電腦。我是一隻笨鳥，但卻先飛了。

一九九六年，十二月三十一日奉人事電腦指令退休，同時成立「趙老大新聞工作室」，繼續滿足個人對新聞工作的熱愛。隨即進入大陸，展開遊走中國之旅。

一九九九年，依照中共紅軍當年路線，完成「二萬五千里長征」，自毛澤東故鄉湖南韶山啟步，一直到陝西省的延安，並在黃土高坡的窯洞中住了兩晚。

二〇〇一年，六十五歲，為了培養體力，開始在游泳池內跟隨一位比我小三十二歲的教練學習游泳。十五天後，終於可以游完二十五公尺，三年後，可以不停止的游完一千公尺，被游泳池救生員稱為「最有耐力的阿伯」，並且在二〇〇四年年底，達到一千兩百公尺目標。從游泳中得到一個很貼切的感覺，只要想做一件事，努力去做，就不會不成功，起碼這是我個人的體會。

二〇〇三年，二度遊走雲南和海南後，遊走中國的全程已告結束，而第七本遊走紀實也全部出版。

同年，以從未嚐過經商滋味的菜鳥姿態，開了「趙老大北京餃子館」，從買菜到跑堂，看到一生中的另種形象。店面雖小，但人生百態，真是一覽無遺，一聲：「嗨，跑堂的！」一天又開始了！

過去的，風光不再，也就不必再去追溯，就看每天擺在眼前的各色客人，再看自己扮演的姿態，也是眼花撩亂，這就是人生，或許就是我的人生吧？

剛開店的前段時期，我們也有外場小姐，但是這位小姐因為家庭因素，請假離去。為了節省開支，我和老婆商量後，我們分工打拚：她負責廚房，我專職買菜和跑堂。

很快，跑堂也跑了一年，人物也見了不少。我覺得從端盤子的過程中，看到很多奇形怪狀的人，也結識了多位奇門遁甲型的人，我想，這就是收穫。尤其像我這種最好觀察人性的怪胎，真是在各色人種中，受益匪淺啊！

我的店開張第一月後，有天來了一位年輕媽媽，手裡抱著小嬰兒，拉開店門，探頭進來，問了一聲：「你們店裡不許抽菸吧？」

正巧這天生意奇爛，客人中沒人抽菸，我順著她的意思答：「沒有人抽菸！」後來這位太太說，為了孩子健康，凡是不禁吸菸的場所，她不進入。

受了這位年輕媽媽的啟示，第二天我就在玻璃門上掛出「絕對禁菸」的牌子。我抽菸，而且抽得夠勁，但是我也不在店內抽菸，為了不攔阻其他客人的愛好，我在門外擺放了長條板凳和菸筒。掛出禁菸牌子後，反應特好，室內也顯得清新多了。在這段美景出現的第十二天，中午，進來六個客人，走在前面的是一位中年近老年的人物，穿著一條掛著背帶的西褲，戴著一副墨鏡。六人坐在大圓桌後，點菜點餃子，從他們的動作和談話中，可以判斷掛背帶褲的男子是老闆，另四男一女則是跟班的小職員。幾盤餃子吃得差不多了，一瓶高粱也喝了三分之二，老闆男人摸出香菸，正要點燃時，我攏上去，絕對禮貌的說：「真是對不起，這裡不能抽菸，請包涵。」

「哦？不能抽菸，餃子館不能抽菸？」他嘴裡叼著菸，但沒點燃，一臉不爽，而且不屑。

「沒錯，我們餃子館不能抽菸。」我還是點頭哈腰，一副卑微的跑堂架式。現在回想那副德性，一定很孫子。

老闆男人還是不爽加不爽：「餃子館不能抽菸，是誰規定的？」

我知道他是很不耐了，我也很不耐了，但我的態度卻是很有能耐，說：「對不起，是我規定的。」

他打量我一陣，不屑的表情更為濃重，又問道：「跑堂的可以定店規嗎？」

「對不起，我是跑堂兼老闆。真是對不起，為了清新空氣，所以不希望客人抽菸。我們門外就有吸菸區，不妨在門外抽吧！」

四男一女也停下了筷子，望著他們的老闆。坐在右邊的一個瘦乾瘦乾的六十多歲老傢伙站起來，滿使勁的拍著我肩膀說：「我可是告訴你哦，這位是我們報社新來的董事長，今天是瞧得起你，所以來捧場，抽根菸有什麼關係？」

我明白了，原來此人就是那家一個月換了三名董事長的破爛小報的董事長。我早就知道，這家報社只要誰肯掏錢，誰就是董事長，當錢花光後，再換金主，再出現董事長。管他娘的，我也懶得管你是什麼報社的老闆，我就是不能破壞規矩。我還是堅持：「對不起，請董事長忍耐一會，或是到門外抽吧。」

「難道你真的不給面子？」瘦乾老傢伙似乎要給我顏色看了。我想，也好，我倒要看看這家爛報董事長和他的手下有什麼花招。

「彼此彼此嘛，大家尊重。」

坐在董事長左邊的女人也說話了：「就這樣吧，今天你就破例一次，明天我們報紙替你餃子館寫一段，保證生意好起來。否則的話，來段相反的報導，你不就等著關門啦！」

咦？沒想到這名徐娘半老的娘兒們，還在我面前玩起了五〇年代的媒體把戲。那個年代，或許很受用，但是今天這個時代，尤其在我趙老大面前很不受用；不僅不受用，而且還惹起了老趙跑堂的火氣。我冷笑一聲，說：「我不在乎人家怎麼寫，一個餃子一個錢，不能抽菸就是不能抽菸，何況貴報的那點底，我也不是不明白。我也不是不了解你們報社那套玩意，不就是胡說八道，瞎矇哄騙嗎？你們愛怎麼寫就怎麼寫，我要是在乎新聞界坑人唬人的那套伎倆，我也白在新聞界混了四十年。」

我這段話剛一脫口，六個人倒是楞了一陣，穿著背帶褲的董事長語氣稍有緩和，問我：「你在新聞界做過，多久時間？」

「全部算起來，不到四十年，也有足足三十六年。」

「你的大名是？」

「招牌就是新聞界朋友對我的稱呼。白混了，如果像各位混得這麼風光，我也不會賣餃子還兼跑堂了。」

約二十天後，那名瘦乾的男人又出現在餃子館。這回同行的有五個人，三女兩男，那名背帶褲董事長沒來。當他們坐下後，我問瘦乾老頭，董事長怎麼沒來，他指著身旁的一名四十左右的時髦女性說：「這位陳小姐，就是我們新上任的董事長。」

趁著端餃子上桌的機會，仔細瞄了一眼陳董事長，不錯，有氣質，有臉蛋，有禮貌。當周邊的人一口一聲「董事長，董事長」的時候，我暗自好笑。什麼董事長?屁，也不過就是一名金主而已。現在想當媒體主人真容易，三百萬元就成交了，就可以成了報社老闆；三百萬花光，沒有續攤下去的話，對不起，您可以下位了，新的金主已經到了。說也奇怪，在一年之內，到「趙老大北京餃子館」吃餃子的董事長已有四位，四人之中有選舉時的樁腳，有車行老闆，有果菜批發商，還有一位地下電台的老闆。四名董事長從來沒有人要在店內吸菸，不知是他們根本不抽菸，或是被趙老大的禁令鎮住了?

高雄市的外省人中有幾位是商界的大款，年老之後，身邊擁有一筆財富，過著悠哉游哉的生活。有一位王老，山東人，上午在公園散步，中午約朋友吃飯。王老很挑食，外省菜中的江浙菜和北方麵食，特別喜愛，一頓午餐吃到下午兩點，兩點過後就進入舞廳跳個茶舞，晚餐則約家人外出，又是一餐美味。王老聽說高雄開了一家餃子館，有天帶著老婆女兒女婿還有幾個晚輩，來到我的餃子館，點了餃子，又點了一盤蔥爆牛肉，還有一鍋酸菜白肉。據王老的女兒說，她爸對酸菜白肉鍋特別挑剔，只要吃對了味，以後必然常來。我很有把握，因為我們的酸菜白肉鍋是高湯慢火細燉，而酸菜也是來自眷村的產品，絕對具有北方家鄉味。這一餐吃得王老很開心，連連誇讚餃子有勁，餡多皮薄，好，不錯。不過，王老的女兒在付帳時，悄悄的對我說：「你這裡不能抽菸，以後可能不來了。」

聽王小姐的提示，想起剛才王老不停的進出店門，原來是菸癮犯了，為了遵守本店規則，只好連連外出。我有些不好意思，但是規定不能破壞，卻也感到失去一位好客人而有些可惜，沒辦法。

一個星期之後，王小姐來電話，說要訂一桌，又問我店裡開放抽菸了嗎？我說，歡迎光臨，但仍謝絕抽菸，還請王老多多諒解。王小姐說，她爸爸幾十年的習慣，吃飯時必定抽菸，叫他只吃不抽，不可能。但是她老爸對本店的酸菜白肉鍋和水餃又特別喜好，不吃不行，不抽更不行，怎麼辦？我是不能破例的，一旦破例，堅持這麼久的良好店規就被破壞了。「我想到一個辦法，」王小姐說：「你乾脆搬兩張小桌到門外屋簷下，拼起來，我們就在門外吃，也是不錯。」

這也是一個好主意，不過，我有些猶豫：「王老同意嗎，他能將就嗎？」

王小姐扯高了嗓門說：「這可是我爸自己想的辦法。」

晚間七點，王老一家子到了，我早就把小桌搬到門外，椅子擺齊，碗筷也就位。王老看到這種安排，很滿意，還沒落座，一根菸早已點上，真是癮頭大啊。

各式餃子上桌，大款酸菜鍋也熱滾滾的上了。王老不但好菸量，也是好酒量，八十二歲的高齡，百無禁忌，愛吃，愛喝，愛抽，他女兒還親口告訴我：「別看他八十多了，還在舞廳把美眉哩！」我站在一角，只見王老一口餃子，一口酒，一口菸，三合一，想必正合他口味，吃得高興，不多言，不多語，不管別人，只顧自己的酒杯、自己的香菸、自己的酸菜盤子。好福氣，真是好福氣。坐在王老身旁的是他的老伴，年紀差了十歲，但卻成了老伴了，哪裡比得上王老的精神？因而王老每天到舞廳把美眉，「我媽也管不了他，由他去了。」說的也是，人家王老精力充沛，老伴即使心裡不悅，自個兒力不從心，也只能睜眼閉眼了。

一個月之內，王老總得來店裡兩次，而且都是年紀相差不多的老朋友，統統都懂得吃，愛喝，也愛抽，更愛把美眉，志同道合，玩興也大。他們成了「趙老大北京餃子館」的貴賓，屋外的小桌成了他們的專屬座位，他們可以放任抽菸喝酒，盡情享樂，這是相互尊重的成果。

開張將近兩個月後，我才真正感受到餐飲生意不可能天天火紅客滿。雖然也曾見到客人在門前等候入場的畫面，但是門可羅雀的冷清情景也時有出現，我的心境也隨著火紅和冷清起伏不定。這是不是憂鬱症的前兆？即使不是，但也快得神經衰弱症了。做生意，那有天天發的？也就是說，老天不可能讓你天天得意；在有點得意時，老天就給你澆一盆冷水。我就每隔三兩天會抽不冷的挨上一盆透涼的冷水。

跑堂日記

二〇〇三年四月二十一日　努力撐下去！

生意奇爛，中午只賣了八百一十二元，創開張以來的新低。我總是抱著一個希望，中午沒客上門，或許晚間可以翻牌；晚上如果仍一片清淡，就期待明天。難道說，我的生意就永遠衰下去，我就那麼倒楣嗎？我不信。

但是往往很多擺在眼前的情況，就不得不信自己的確很衰，而且衰透了。今晚耗到九點打烊，全部收入也只有四千二百五十元，賠錢哦，賠死啦，賠到底啦！這不是叫苦，有帳可查，翻閱流水帳，今天買菜是三千二百元，房租一千元，人工費用三千元，再加上水電雜支，不是賠定了嗎？我知道我是經不起三賠兩賠的，再賠上一個星期就到非垮不可的地步。

這時我才明白，在這個精打細算的年代裡，有誰人天不在家裡吃飯，偏偏要上館子？何況你趙老大餃子館的餃子又比傳統市場貴上一塊錢，不吃，說不吃就不吃，看你垮不垮？

有幾個很衰的晚上，我坐在門前抽菸區的長板凳上，望著過往人群，我很納悶，怎麼這些人不吃飯呢？早年台北火車站前的很多小餐館，各家餐館為了拉生意，總是派人在店門口向過往行人打招呼，拉生意，我是不是也應該站在門前向來往路人不停的吆喝：「請裡面坐，各式水餃，一品砂鍋，精緻小菜，您請哪……」幾次站起來，幾次站在門前，幾次張開嘴，還沒發音，那一串話又嚥下去了。我想我不行，我怎麼作踐自己到這種程度？我，我也是有過精華歲月的人，我也曾經是一號人物。可不是，誰能否定這些事實？轉而一想，也真沒出息，幹麼要扯上過去呢？就算你曾經是一號人物，今天就是沒客人上門，哦？難道你以前怎樣怎樣，現在就得高朋滿座？你胡思亂想，你太夢幻了。

我想起開張那幾天，外界的預料，三個月就倒店，莫非三個月就真要倒了？

我快癱了，我快斃了，我想我是支撐不下去了。

不過，轉而再想，不能垮。如果賣餃子都賣不出個名堂，我還能做什麼？我什麼都不能做了。我必須要撐下去，要熬下去。難道我就真的歹命？我不信，人家劉大哥不是靠水餃賣出了成果，除了一棟別墅，還養了三條世界名犬?劉大哥行，為什麼我就不行?或許我只要再歷經一段時日的煎熬罷了。我這麼想，我這麼安慰自己。

二〇〇三年五月　母親真偉大!

五月，母親節，今天是個各家餐館火紅的日子，今天也是餃子館開張兩個月後第一次碰上好日子。果然是好日子，從三天前就有人訂桌的情況看來，今天應該不會差。我沒有做過生意，但我的頭腦好，我聰明，我有隨機應對的智慧：我訂出了「母親節水餃大餐」，十人一桌，包括各式水餃，各式小菜，另加鮑魚土雞大砂鍋，另外再加湖南臘肉、蔥爆牛肉、臘味拼盤等等，三千元，價碼不算貴吧?如果是小家庭的客人，配上各式水餃，鮑魚砂鍋，還有各式小菜，兩千，夠便宜吧?

我希望過往路人明白一個真相，一只鮑魚土雞砂鍋在台北的行情最低也要一千八百元，我這裡卻是全套配備，兩千足夠。海報貼出後，過往路人有些感覺了，有人來詢問了。母親節前一天，也就是週末這天，四十個位子全部訂滿，而母親節當天，竟然在門前出現等候進場的景觀。當然前一陣子也曾出現過這類場景。我一邊忙著向客人彎腰哈背，一個念頭沖上腦際，我趙某應該是翻身的時候了。老天總是照顧貧苦的人，老天總歡喜肯幹的人，我都符合老天爺的照顧條件，我也該翻身了。

昨天賣了兩萬六千元，今天賣了兩萬兩千元，這是一張亮麗的成績單，全店上上下下全部忙翻了。我是老闆，我第一次當老闆，但我當夥計當了幾十年，我太了解夥計的心理，當大家忙出成果之後，做老闆的如果只用嘴把式，誇獎一番，那是沒啥作用的，夥計們要的是實質獎勵。我在拉下鐵門後，立刻發獎金，人人有獎金，包括負責廚房作業的老婆，也有一份。大家高興，我更高興，我當場表示，以後只要有好成績，大家就有獎金。

發完了獎金，員工各自回家，我也回到家中。兩條腿搭在電腦桌的邊沿時，我的腦海又激盪起來。假如每天有這兩天一半的收入就夠了，即使不發，也夠了。我現是沒啥大志大願，只要撐得下去就滿意了，起碼沒有垮下去吧！

二〇〇三年五月三十日　奪命的ＳＡＲＳ！

母親節的好日子再也不見了，我又得檢討原因。有了，就是那個死要命的

SARS在作怪。四月開始作怪，越作越怪，剛開始沒什麼注意，後來從媒體上得知，這種病一旦染上，即使不死，也會奪掉半條命。媒體上又指出，唯一避免感染SARS的辦法就是少去醫院，少去公共場所。媒體記者的大筆一揮，可把餐飲業搞得七零八落，早晨開門後，抱著一個希望，失望了，晚上開門後，又是一個希望，又是懷著失望的心情打烊收攤。有天從報上看到農復會的一則消息，山藥、大蒜和台灣土雞煮食後，可以增添人體免疫力，對抗SARS有很好效果。我不是一再對自己的聰明智慧很自負嗎？現在又表演起來。我在門前張貼一幅大海報：「農復會公布，山藥大蒜燉土雞，對抗SARS具有效果。」

海報貼出當晚，山藥土雞砂鍋就賣了五份，當然來吃砂鍋的客人也會搭配水餃。在這個兵荒馬亂，SARS籠罩全局的日子裡，能夠有這份賣點就很滿意了。由此現象也能看出一點，人，總是怕死的，儘管山藥燉土雞不是絕對的保命符，但起碼也有一些抗「煞」作用。大家都怕死，我就有了生存空間。我的山藥土雞砂鍋確實暫解我的燃眉之急。有了這份經驗，我即時到一位朋友開的中藥店請教具有增添免疫力的草藥偏方，一件一件收回做為料理參考。我很會抓住人群心理，我見勁使勁，我見到恐懼死亡的人就用延年益壽的湯類替他補強，他不會只喝湯不吃水餃，起碼也得點十五粒水餃，對我來說，真是一湯二用。我就在這股應變的方式下度過SARS危機。

二〇〇三年六月十二日　一災未平一災又起！

真他媽的嘔，剛剛要走脫SARS的險境，美國牛肉又出毛病了，說是吃了美國牛肉，不是發瘋就是發飆。我的餃子館有牛肉水餃，有牛肉麵，有番茄牛肉湯，還有蔥爆牛肉，都是紅牌好料，這麼一來，一切都完了。我的當機立斷是改用澳洲牛肉，但是客人不信。今天中午一位特別愛吃牛肉水餃的太太來到店裡，一再強調她不要牛肉水餃，而且要求她點的水餃不能和牛肉水餃混在一起煮。我一一點頭，但心裡卻在念著：「妳也真怕死啊，哪有那回事，吃了和牛肉水餃混合煮的水餃就會得狂牛症嗎？有那麼邪嗎？」

這一週來，真是談牛色變，望著那一張張患了懼牛症的面孔，我也莫可奈何，只能心裡在罵：「你們也太敏感了吧？也太怕死了吧？」事實上，就算真的吃了美國牛肉，經過沸騰，什麼也沒有了，美國總統布希為了提升人民的信心，不是還在大吃牛排嗎？不行，那是布希在作秀，我們不敢吃，我們說不吃就不吃。好好好，你有理，你是客人，你說怎地就怎地，你不就是在我店裡要吃餃子嗎？那就換換口味吧。扯來一堆廢話，總算安心的吃了十二粒韭菜餃子，六十元，走啦。我可是煩死啦，碰上這款客人，你又能怎麼接待？他怕美國牛，他就是怕發狂。錯了，他沒有發狂，是我要發狂了。

二〇〇三年十月　光輝十月，屁！

在傳說中，以往每逢十月就是餐飲業的旺季，因為十月是慶典日最多的月份，但今年卻變了，我就沒碰上旺季的光輝。十月一日，不對，這天是老共的國慶，中華人民共和國的人民對這天卻是相當重視，就當作一個節慶看待，不但餐飲業大紅，家中小聚也是雞鴨魚肉擺滿桌，再加上一連七天假，旅遊業也旺；旅遊業有搞頭，各地餐食業必然跟著發。我在十月一日過後，天天盼著十月十日的到來。十月十日不就是中華民國的國慶嗎？我當然希望趁著這天海賺一票，起碼兩千個餃子應該不成問題。左盼右盼的，終於盼到，早晨提早拉開鐵門，提早清理環境，準備迎接源源不斷的客人，時間到了正午十二點半，只來了四個客人，兩男兩女，全部消費只有二百一十元。可不是，四十個韭菜餃子，一碗酸辣湯，怎麼搞的？今天是國慶日，你們怎麼忘了應該好好慶祝一番，吃得這麼寒酸，這麼沒有慶賀之意？你們不愛國，不愛國就是不愛「趙老大北京餃子館」，就算這個國家已經沒什麼值得愛的囉，可是我這個老骨頭開的餃子館卻不能沒有愛呀，想明白了嗎？

國慶日就這樣要死不活的過去了，我又盼二十五日的台灣光復節，心想，不妙，國家的大慶都不要了，又何況一個台灣小島的光復節？果不出所料，光復節這天就跟平常日子一樣，沒有高潮，也沒有怎麼太爛，收支打個平手。不過，可以確信的是，來吃餃子的人就是為了吃餃子而光臨本店，跟台灣光復節扯不上一點關係！

從國慶日到光復節的黯然度過，我得到一個信息，不，不是信息，應該說是感覺：現在的人，包括男女老少，各行各業，統統不愛國了。其實，不愛國倒也罷了，難道你們膽敢說不愛台灣嗎？看著大家這樣平淡的走過光復節，就明白每個人對這個節日早就不重視了。不重視光復節，就是不愛台灣，不愛台灣是何等嚴重的一個問題？我把貼在門前的紅紙撕下，上面寫著「慶祝光復節，各式水餃一律八折」，看到沒有，一個賣水餃的老頭還表示了一番心意，難道過往行人都忘了今天是什麼日子嗎？呸！我荒唐，我無聊，我把撕下的紅紙在腳底用勁的踩了幾下。

過了無聊的光復節，我又開始等待月底的最後一天，那就是十月三十一日。回想當年，可不得了，這天比國慶日還要了得，這天是蔣公的生日。現在的少年人可能連蔣公是誰也都不知道了，蔣公就是放在大溪慈湖的那個不能入土為安的死老頭子。這麼說少年們還是不會聽懂，算了，不管他們能否記得台灣曾經有個會過生日的蔣公，但我記得。我永遠記得。我記得唸小學時，每逢蔣公生日，全國普天同慶，在高呼萬壽無疆之時，放假一天。因為放假，所以我爸必定要催促我媽包餃子，北京人嘛，只要有空閒，就會想吃餃子。那時家裡窮，能夠吃一頓大白菜包豬肉的餃子就很解饞了，我可以一頓吃二十粒，死撐死撐著肚子，因為下一餐餃子可能要等到農曆除夕的晚上了。

三十一日到了，蔣公生日，或許是他死了很久很久的緣故，更或許是他的兒子也死了很久很久的緣故，所以今天也不放假了，也沒有什麼活動了，市面上就似乎沒有這檔子事似的。既然大家都不在意這天的過去，當然也就不會在餐飲業出現什麼高潮，我的小店必然如此。我雖不抱樂觀，但仍盼奇蹟出現。我正在門前的長板凳上坐著發傻的時候，一輛計程車開來，下來四個人，過不一會又來一輛，又下來四個人，一看過去，都是七十以上的老芋頭，其中還有三位老太太。我的精神來了，大聲的招呼：「歡迎，裡面坐！」

八個人坐定後，其中一人從手提紙袋中取出兩瓶酒，都是「蔣公華誕萬壽酒」。年輕人知道了嗎？當年蔣公生日的時候，還有萬壽酒慶賀，可見當年的蔣公是號什麼人物。那個老芋頭舉起他的酒，對著眾人有段說法：「這瓶酒可是有歷史的，是我在金門當連長時存起來了，算算也有四十多年的歷史囉，今天就來乾一杯，紀念英明領袖蔣公誕辰。」

八個人倒是不寒酸，點了一百個餃子，一只鮑魚土雞砂鍋，還有湖南臘肉，還有蔥爆牛肉，小菜又加了五碟，擺滿一桌，大家開始喝酒。一人一杯，剛才說酒典故的老芋頭又說話了：「來來來，紀念蔣公誕辰，乾一杯。」說著，他一口就乾了，而且還把手裡的酒杯在眾人面前晃了幾晃，內心是興奮的，是懷念，是感恩的。人在興奮過度時，就會回想當年，所謂「好漢不提當年勇」在今天這個桌面上是不管用的，那位老芋頭乾了一杯之後，坐在對面的禿頭老頭拉起褲管，在小腿肚上露出一條疤痕：「這是八二三炮戰留下的紀念，要不是命大，彈片再往上偏幾寸，腦袋就被削掉了。」有了這個話題，大家就談起八二三炮戰，個個談得眉飛色舞，個個都是炮戰英雄。一名沒搭腔的白髮老芋頭沉默一陣，也禁不住開口了：「我比你們都要早好幾年，我參加過東山島大捷戰役。」話匣子打開，且聽這些老芋頭把東山之役說得如同一場聖戰，國軍如何如何英勇，土八路如何如何兵敗如山倒。我坐在櫃檯裡面，靜聽這位大哥的胡言亂語，我在暗中冷笑，因為我去過東山島，目的就是了解「東山大捷」的實況，還有東山島被稱為寡婦村的緣由。我有些沉不住氣了，上去搭了一句：「真實情況是國軍部隊吃了敗仗哦！」老芋頭打量了我一下，也不服的說：「我在現場，我還沒有你清楚嗎？」

我不想再抬下去，我頓時醒悟了：我是餃子館跑堂的，只要餃子賣得多，客人說啥就由他去說吧，只要他說得過癮，餃子吃得多，我還有啥話說？

這桌老芋頭客人，足足坐了一個半小時，吃了兩千一百元，兩瓶蔣公紀念酒喝得光光，人人都有了幾分酒意，在一聲「英明領袖長相左右」的齊聲呼叫中，乾杯，買單。

十月，結束了，總歸算來，也只有老蔣生日這天靠著幾名老芋頭的光臨，沒有在十月慶典留下白卷，真是託蔣公的福。

二〇〇三年十一月七日　半瓶啤酒可以折價嗎？

中午，那個油頭粉面的胖小子出現在店門內，跟在後面的還有六位美眉，都很漂亮，都很現代。我揉揉眼睛，仔細再看，果然就是他，就是那個長期以來都是吃牛肉麵要加湯的胖小子。

我很討厭胖小子，因為他太俗了，太酸了，太不體面了。

很多年輕人經常是一碗牛肉麵，經濟實惠，好吃又吃得飽，我都熱忱接待，唯獨對這個胖小子，我的印象太差，因為他太邪門，和他的外型有距離。他永遠都是白襯衫，打領帶，西褲，油光水亮的，看來也是一號青年才俊，可是他的表現就是跟白襯衫、花領帶不搭配；說白了，就是太摳門，太會算計了。

我第一次對他種下惡劣印象是在一個晚餐時間。胖小子帶了一位小姐，兩人坐在最靠角落的八號桌，胖小子點了最貴的鮮蝦水餃（八元一粒）二十粒，又點了一個蔥爆牛肉，又點了一個酸菜白肉鍋，又點了四碟小菜。胖小子今天在女朋友面前挺大方的，開竅了。我的想法一轉，認定胖小子是一個對自己節儉，對朋友大方的年輕人，以往錯怪他了，我內心有些抱歉。但是這股念頭在他們用餐結束後，又消失了，胖小子在櫃檯前買單時，有了手法。他在西褲的前後四個口袋摸來摸去，只摸出四枚硬幣。餐費總共是八百八十元，他對我笑笑，我也對他笑笑，別急，找找看。他又翻了四個口袋，沒有就是沒有，別再裝模作樣了，「糟了，我的皮夾子放在公司內。」他在耍詐，他在作戲，他轉頭問身邊的女友：「帶錢了嗎？借我，明天還。」那小姐也是靈性得很，早把一千元捏在手裡，買單，結束了這場遊戲。

隔了一個星期，就是今天，胖小子又來了，是中午時間。「老闆，我帶公司同事來捧場。」我從喉間「嗯」了一聲。我對胖小子是不苟言笑的，也沒有必要點頭哈腰的，我常常覺得，諸如看來不順眼的客人，多一個少一個也不打緊，我老婆就反對我的論調，「你要搞清楚，你是賣水餃哦，你這個看不順眼，那個看來討厭，你乾脆關門算了，你就看自己順眼，你這是幹麼？」老婆說的完全對，我也能接受，可是隔一陣子又出現了看不順眼的客人，我又對他看不順眼了，就像今天，胖小子又讓我增添了對他的厭惡感。胖子接過菜單，點了不少菜，今天他不點牛肉麵了，他點高價的餃子和鮑魚燉土雞砂鍋、炒菜。餃子一盤一盤的上，砂鍋也上了，炒菜陸續端出，我在櫃檯內細看胖子的動作，只見他埋頭苦幹，先吃面前的鮮蝦水餃，再吃對面的番茄水餃，在吃餃子的大喘氣時，還沒忘記把砂鍋中的雞腿夾到自己碗裡，吃相之難看，我沒見過，吃到最後，甚至把一碟沒吃光的南瓜炒鹹鴨蛋也要打包帶走。細細觀察，這胖小子一個人起碼吃了三個小姐的分量，看他那副腦滿腸肥、額頭放亮的樣子，知道他今天吃得很滿意。「老闆買單，請把計算機借一下。」

總計是一千二百三十五元，胖小子細看了帳單，敲了幾下計算機，對大家說：「每人一百七十六元，零頭算我的。」今天胖小子算是大方的，大家開始開皮包拿錢，胖小子也在摸口袋，當他搜索口袋第二回合時，我發覺胖小子故態復萌，老戲重演了，果然，他低頭對身邊的小姐說：「忘記帶皮夾子，妳先墊一下，回去給妳。」胖子臨離開桌子時，還沒忘記那一丁點打包的南瓜炒鹹鴨蛋。

開店至今，時日雖然不長，卻把很多很多男人的嘴臉看得一清二楚。以往做記者看不到這麼多德性的男人，今日卻是一覽無遺，而且距離很近，完完全全是大特寫的容貌。

我這裡還有一個客人，也夠酸的，每次來都是二十粒韭菜水餃，一碟花生，每次都要提醒我：「花生多給幾粒，大蒜來幾粒，餃子清湯別忘了。」有天，也許是興致很高，要了一瓶啤酒，在買單時，他指著桌上的啤酒說：「太多了，我喝不完怎麼辦？」

「帶回去喝呀！」我說。

「剩下的留給你喝，算半價，這樣好不好？」他滿臉正經，絕不是在開玩笑。

我也用絕不是開玩笑的神色回他：「當然不好，有這種方式嗎？你喝剩下的留給我喝，再按半價買單，有這種餐館嗎？有這類客人嗎？」他不吭聲了，掏出一張兩千新鈔，我明白他的意思：「大爺不是沒錢，留下半瓶就是不甘心。」拎著半瓶啤酒走了，心裡是不爽的。

隔了五天，半瓶啤酒的客人再度光臨，身邊多了一位三十來歲的女性，我想今天他總得要好好表現一番了。沒有，他還是依昭慣例，韭菜水餃，花生一碟，大蒜，餃子湯，不過韭菜水餃多了十粒，餃子清湯多加一碗，沒有喝啤酒，全部消費只有一百六十元。買單時他又說了一句討人厭的話：「花生是不是漲價了？怎麼今天比以前的少了些？」

我也回了一句不討他喜歡的話：「不是花生少了，而是多了一個人吃嘛，你為什麼不多點一碟？」

在這間小小的空間中，各式男人的德性看多了，應該是見怪不怪才對，我雖也已習慣，但總覺得有個結解不開：「為什麼小器的男人這麼多？」我感覺出另一個現象，越是小鼻子小眼睛的男人，他卻很愛現，愛現自己的荷包飽滿。我曾聽到一個中年男人對著一桌子的朋友說：「我最近一直很順，不知道怎麼花錢，打算找個銀行的理財小姐替我規畫規畫。」各位，你見過這款男人嗎？什麼話不好說，偏偏要宣揚個人的財富，宣揚了一陣，到了買單時刻，他卻躲進了洗手間。有這類男人嗎？有，多得很，這型沒出息的男人在我店裡早就司空見慣了。

二〇〇四年八月八日　老爸不爽！

今天是父親節，又是星期日，拿著過去的經驗，母親節可以出現客滿現象，那麼父親節也不會太冷落。早四天就在看板上貼上海報：「別忘了八月八日，請辛苦的老爸吃水餃。」

星期六是父親節的前夕，生意雖然不錯，但卻見不到一個家庭聚餐，也就是說，沒有老爸型的客人出現。我有些納悶，怎麼人家把父親節忘了？

今天星期日，父親節，依照母親節的情景，中午和晚上都是客滿狀態，但是卻沒有什麼特殊場面，我想：或許是做兒子的人要在晚間好好表現一番了。等到晚上，七點過了，也沒有十位客人上門。今天是有點怪，過了七點半，也沒有父親節的氣氛，我有些急了：怎麼會這樣？天下的兒子們都跑到哪裡去了？難道都帶老爸去吃牛排了？去吃五星飯店的自助餐了？

為什麼母親節那天會有兒子陪著老媽來吃水餃，今天怎麼就不見兒子陪著老爸來吃水餃，莫非天下的老爸都不愛吃餃子？不會，絕不會這樣，那，又會怎樣呢？

快打烊了，我想通了，原來是做兒子的沒有重視老爸，重老媽而忽略了老爸。必定很多兒子認為老爸不會重視這天，所以也就一筆帶過，打個馬虎眼就過去。

事實卻不然，依據我個人的感覺，越是年歲老了，越是重視子女對他的重視程度，老媽如此，老爸也是如此。你不理會這天，他卻在等待你的表現，你這樣視而不見的過去，他卻暗地感傷，說不定他會獨飲一杯，邊喝邊傷神，「想起你們小時候，早起送你去上學，中午給你送便當，下午又接你回家，整天整年的勞累，為的是啥？」一杯下肚，又是一杯，越想越氣，越氣就越喝得快：「今天是什麼日子？忘了，嗯，假的，明明知道老子愛吃餃子，幹麼不去趙老大餃子館吃餃子？花錢，我也可以出錢哪，這是一個心意，二十個韭菜餃子也不會把老子窮死。」一杯又乾了。

聽到了吧？普天下的老爸發出了吼聲，不平則鳴。你沒有請他吃餃子，他不爽，我也不爽。

二〇〇四年九月七日　捧場，免啦！

晚上八點十分左右，來了三位客人，一男兩女，走在前面的那個挺著大肚子的胖子，不就是以前在我手下考進報社當記者的孫子嗎？他不叫孫子，是我給他取的綽號，因為在我眼裡他太「孫子」了。北京人稱那種沒有擔當，會拍馬屁，會吹牛，會逢迎巴結，會找機會鑽營投機的人都叫「孫子」。

他向我打招呼，我也迎上去，儘管這些年沒和他來往，但耳聞很多，反正混得不錯。他在報社工作五六年，時間雖然不長，但在高雄建立的社會關係卻相當豐富，原因就在會鑽營巴結，會吹牛拍馬。孫子長得很胖，或許是臉上的肥肉太厚了，擠得眼睛瞇成一條縫，「今天才聽說趙老大開了餃子館，特別帶著太太女兒來捧場。」我一直很討厭聽「捧場」這兩個字，我總覺得捧場的意思就是一種同情，一種照顧的意思，我幹麼？我幹麼要人同情，要人家來照顧？我說：「捧場倒不必了，想吃什麼就點什麼吧，我這裡是以水餃為主，你看著菜單點吧！」

孫子接過菜單，一家三口望著菜單召開家庭會議，我回到櫃檯忙著招呼其他客人。

過不一會，孫子來到櫃檯，交出菜單，我把菜單遞給廚房，孫子問我：「你這店開多久了？」「一年半。」「生意還不錯吧？」我冷冷的回答：「就是這樣，發不了財，也餓不死。」「今天上班才聽同事說你開了餃子館，所以下班後趕快就來捧場。」

他又犯了我的忌諱，我就是不喜歡來店的客人是為捧場而來，要吃就吃唄，幹麼要來捧場呢？

我在大陸跑遍全國，吃遍大江南北，從農村吃到鄉鎮，從沒聽到一位客人到了熟識的餐館會對老闆說：「我來捧場啊！」好吃就吃，覺得這家小館的口味很對自己的胃口，你就來吃嘛，幹麼要說「捧場」？相反的，如果店裡的食品根本不對味，你會來捧場嗎？或是價錢貴得嚇人，你還會來捧場嗎？

我研究過好一陣子，研究出一個眉目，原來「捧場」這個字眼兒出自台灣文化，開店的人會對朋友說：「請多來捧場哦！」朋友也就順口而出：「我又來捧場啦！」多無聊的說詞，多虛偽的表白。我開店一年多，我從不打電話給朋友說：「來捧場呀！」我的朋友也知道趙某人的毛病，從來沒有以捧場的理由來店裡消費的。總之，合自己的口味就經常來嘛，來就來嘛，何必要加一句：「我來捧場的。」討厭，真煩人哪！

孫子待熱滾滾的餃子端上後，一面塞進一口餃子，在舌頭和餃子打滾的時候，含糊的問我：「老大，你怎麼想到賣餃子呢？」

「為了生活嘛，沒有別的技能，只能走這條路。」

「你不是寫了很多書嗎？我每本都買。寫書不是很好嗎？」

聽他說買我的書，倒是引起我的高興，我面帶微笑的說：「寫書的版稅不夠付房貸的，滿足興趣可以，維持基本生活還是要賣餃子。」

我順口也問了一句：「你在哪裡工作？」

孫子立即掏出一張名片，想必他老早就想掏出這張名片了。原來是地方政府的機要祕書。

老實說吧，我對幹「機要」的人相當瞧不起，因為能夠當上「機要」，不是憑著真才實學，不是拿出公務人員的考試合格文書，而是靠著拍馬巴結的成果。台灣的選舉流行，選舉結束，一缸子的樁腳、一大夥的轎夫、一大票的助選員，統統成了「機要祕書」。「機要祕書」這個頭銜乍聽之下挺唬人，但在我面前卻是一文不值，了不起也只是一個跟在長官身邊的副官，副官就是替長官拎皮包的貨色，沒啥了不起。

機要人員在長官在位時是一號人物，但是長官任期屆滿，他也得跟著長官打包走人。「你怎麼當上機要祕書的？」

「我和長官早就認識了，他競選的時候，我替他作文宣，所以當選後他找我去幹新聞機要祕書。」

果真如我所料，胖子孫就是替長官助選成功，所以幹上這份差事。

「你們的餃子的確不錯，真好吃，你怎麼會包餃子呢？」

「包餃子並不難，用心去看就學會了。」

為了表達我的一點意思，買單時我把小菜全部招待了，胖子孫很高興，臨出門時，又來了一句：「下星期我帶同事來捧場！」

我理都懶得再理他，我討厭他，我幹麼要你來捧場？

二〇〇四年十月五日　這是什麼家庭教育？

我已經碰上很多次了，很多的家庭沒大沒小，做父母的在兒女面前都是擺出一副「唯命是從」態度，我從家長在點菜的決定上就能看出這是一個什麼模式的家庭。每當客人落座後，我總是送上碗筷和一份菜單，菜單上面排列出餃子的名稱和各式砂鍋的內容及價目，不少的家長在見到菜單後，必然是交給子女處理，也就是說你愛吃什麼，我們就吃什麼。還有的家庭更絕，家長根本不必過目菜單，子女會很自然的決定一切，譬如兒子要吃牛肉水餃，父母也跟著吃牛肉水餃。有個三口家庭經常來店內吃餃子，每次都是韭菜水餃二十粒，高麗菜水餃二十粒，三碗酸辣湯，而且都由那個唸小學的兒子決定。有天我憋不住了，我問他們：「我們的水餃有十三種，為什麼老是認定了韭菜和高麗菜，怎麼不想換換口味？」「他不吃別的餃子，只愛吃這兩種。」做母親的指著身邊的兒子，還露出一副很得意的樣子。我又說：「他吃他的，你們也可換換口味呀？」「算啦，就依他吧，跟著他吃一樣的。」我心暗忖：「這是什麼家庭，什麼教育？」

有些父母不但由子女排出愛吃的水餃，甚至連喝湯也隨著子女意思，譬如子女要喝酸辣湯，父母也跟著喝酸辣湯。我們的湯是兩人一碗恰恰好，四口人可以點一碗酸辣湯，另一碗不妨喝碗番茄牛肉湯吧？不行，兒子要喝酸辣湯，父母也就不得挑選，甚至連櫃檯中的小菜也是由兒女決定。我們的小菜十二種，有對父母每點一碟小菜，必定先要徵求兒子的意見，父親要吃涼拌小黃瓜，兒子說「不要」，他就不敢點；他又想點一盤滷牛肉，兒子說「不要」，他又放棄了。父子倆站在櫃檯前磨蹭了好一陣，十二種小菜統統被兒子「不要」

掉了，空手返回座位。父母吃不到小菜，兒子卻猛喝可樂，看到這種場景，我很火，這對家長卻處之泰然。其實，干我屁事，我幹麼火？人家父母都心甘情願，我也頂多少賣兩碟小菜，有啥好火的？其實說明白了，我倒不是為了小菜沒賣出去而火，我火就火在這種家庭教育太那個了吧？太頹廢了吧？太沒有倫理了吧？太本末倒置了吧？我想了一大堆冒火的理由，人家一家人卻已經開動，吃得開心得很呢！

我在餃子館中觀察家庭教育，觀察了一年後，大有心得，也就是有了一個結論：凡是功課好的孩子，在吃的方面從不挑剔，父母點什麼，他就吃什麼。有個四口之家也是我們的老客人，有次我問眉清目秀的兩兄妹唸哪所學校，哥哥唸高雄中學，妹妹唸的是高雄女中，都是最最拔尖的學校。聽到沒有？會唸書的孩子是不挑食的，是尊重父母的，也是懂得禮貌的孩子。聽到沒有？人家好孩子都是以父母為主。反過來說，那些百般依順的家長，必定沒有會唸書的子女。我這話不是胡言亂語，我也作過訪問，凡是在七八流的學校打混的子女，來到店裡就會出現他點菜，父親買單的現象。我常常想，很多家長不是對政府的教改制度有意見嗎？我看家長們不必亂出主張了，還是先把家庭教育作一次大幅改革吧。今天台灣的家庭教育實在太不成體統了，太渾球了，你能否認嗎？

趙某人天生就有一個快捷又敏感的腦袋，從一粒餃子就能看到一個家庭格局，夠準吧？

02

老闆，你好酷！

我是不會忘記這天的。這天，二〇〇四年十一月五日，氣溫攝氏二十度，天晴。

晚上七點左右，來了一對三十歲上下的夫妻檔。兩口子第一次光臨本店，彼此陌生，我是中規中矩的把碟筷和菜單送上後，立即退下。我從不會站在桌旁看著客人點菜，因為我到餐館用餐時，也討厭服務生站在旁邊亂出主意。我站在櫃檯前聽候差遣。

兩口子望著菜單在開會，指指點點，竊竊私語，聽不到他們在說什麼，但可猜透是在討論吃什麼水餃。必然他們這一輩子也沒見過這麼多類別的水餃，種類太多，他們拿不定主意了。起碼過了十分鐘之久，小姐向我招手，我過去接下菜單，一眼掃瞄過去，呆了，十三類水餃每種一粒，昏了，再來一碗青菜豆腐湯。原來兩口子研究了這麼久，就只排出這款組合。我沉沉的說：「對不起，菜單上有寫以十粒水餃為下鍋標準，每單項也得最少五粒。每樣一粒，不好處理，抱歉啦。」

男的開口了：「聽說你們的水餃好吃，我們想每樣都嚐嚐。」

「這是我們的遊戲規則，你們可以今天嚐兩三種，下次再來嚐兩三種，或者買冷凍水餃，帶回家慢慢品嚐。」我覺得我的理由完全充足，但對方接受得很勉強，最後是十五粒韭菜餃定案，湯類還是青菜豆腐湯。

這餐吃完，夫妻倆總共消費一百元，當他們買單結束後，轉身離去時，女的留下一句驚人之語：「老闆，你好酷啊！」

我楞住了，我傻眼了，這是開店一年半以來，第一次聽到客人的指教。這句指教也夠「酷」吧！

我轉到廚房對老婆說了這段，老婆冷冷的說：「本來就是嘛，你就是酷，人家沒有說錯。人家花錢來吃餃子，又不是來看你臉色的，你要檢討。」

我檢討？我檢討什麼？每樣一粒，十三樣統統吃，最後卻以一百元打發，這種客人還要擺笑臉相迎嗎？我沒辦法，我受不了，即使我強顏歡笑，也是皮笑肉不笑，那樣更難看，還是酷一些，反應我趙某人也是有個性的人。

晚上打烊後，回到家裡，老婆還繞著「酷」字打圈圈。老婆說得好：「你啊，你這張老臉本來就比酷還要酷，正常情況下已經夠看了，你想想看，酷上再加一層酷，我呀，我是習慣了，人家怎麼受得了？」

老婆對我的形容倒也入木三分。早起洗臉時，我也會覺得自己這張老臉真令人討厭，我也曾想過要修正一下，也曾有過檢討，但是檢討來檢討去，老臉還是老臉，人老了，皮膚打結，皺皺巴巴的。我也曾想過，老臉已經定型，但面對客人時總得擠出一些笑容；我不是沒擠過，只是覺得擠出來的笑容，比原先的老臉還要討厭，於是就這樣得過且過了。在得過且過的跑堂工作中，如果遇上那類不把跑堂當跑堂的客人，我就按捺不住了，我的老臉就要出現反彈。反彈是什麼德性？我不知，想必就是那位消費一百元的客人所謂的「酷」吧！

我必須說明，客人消費多少，我不是非常在意，我在意的是客人的品味。你想，來到我們這麼注重品味的餃子館，扯了老半天，最後以一百元收場，你是瞧不起人嘛，你是在吃我豆腐嘛，你是把一百元看得太大了吧，我能沒有反應嗎？我的反應就是皺皺巴巴的老臉上顯現出幾分怪異表情，如此而已。

曾有一群學生來到店門口猶豫不決，我拉開店門，請他們進來，其中一人問我：「我們每人只有五十元，能吃飽嗎？」我立刻表示：「沒問題，不但吃飽，而且好吃。」我為他們安排，除了餃子還有酢醬麵，還有餃子清湯，還附送兩碟小菜，因為我也是這種年齡過來的，我太了解學生的消費標準。面對這群學生，我不但歡迎，而且在皺皺巴巴的老臉上還曾眉開眼笑，快樂得不得了，沒有一個學生說我酷，我是一個慈祥的老阿伯。

我老婆又說了：「在客人面前要開心點，客人都被你嚇跑了，看你怎麼辦？」

我何嘗不知？我開始作自我訓練，我對著鏡子拉皮，衝著鏡子微笑，練了半個月，沒什麼進步，老臉還是皺皺巴巴，老臉還是不討人喜歡。我想，時日未到，拉皮不到火候，我還要拉，繼續微笑，功夫到了自然成，但願有這天。

03 「吃到飽」的促銷手法

高雄地區自從出現海鮮店的「一百元一盤」促銷手法後，火鍋店則立即打出「吃到飽」的遊戲規則，火鍋店和海鮮店的生意都做起來了；二〇〇三年入冬之後，高雄流行燒烤韓式風味，也是「吃到飽」的消費標準。走在街上，只要是稍稍像樣的餐館，幾乎都在打「吃到飽」的廣告。外國觀光客來到高雄，透過導遊的解說，必然覺得這是一個飢餓的城市，人人都在飢餓狀態，隨時都在想怎樣才吃得飽。

不管別人怎麼猜疑，總之這股不吃飽不行的流行風狂飈起來了。就在狂風猛吹下，原先一直列為高價位的日本料理，也不得不跟著挺進。不過日本料理店的玩法分兩個階段，中午是「二五八元吃到飽」，晚餐則是「三五八元吃到飽」，一百元之差就差在生魚片。中午不供應生魚片，因為生魚片價高，如果碰上上班族群的大胃王，來上十碟生魚片，二五八元肯定慘賠。日本料理店打出這招後，生意狂燒，中午即使沒有生魚片也不打緊，一樣門庭若市，晚間那就更不在話下了，家庭聚餐，友人聯誼，統統進了日本料理店。以往視日本料理為高檔的享受，現在不必顧慮了，一家五口吃到飽，兩千元有找。除此之外，日本料理店還供應生菜、飲料、冰淇淋，反正進了店門就是非吃到飽不可，不，應該說是吃到撐不住了才心甘情願的去買單。在這種經營手法下，吃到飽的日本料理店每天上午和傍晚，都會出現門前排隊等候入場的景觀，由此可以了解，吃到飽的誘惑力有多強。

在我們店附近的一位退休老人有天來店裡吃了十個韭菜餃子，花了四十元，臨出門時，特別把我拉到門外，很正經八百的說：「現在流行吃到飽，你為什麼不這樣做呢？」「我沒想過，我也拿不準應該怎麼算計？」

退休老人用很沉的山東腔說：「你不這樣做就不會有客人，現在流行啦。」

「這樣做我會賠錢，做不起來。」

「哪會賠錢，我看一百五十元吃到飽，應該有利潤。」退休老人還在扳弄手指，又說：「如果你肯這樣做，我們這裡的退休人員就有不少，大家來你的店裡吃到飽，生意怎麼會不好。」

我已經有點煩了，我怎麼可以這樣做？如果以一百五十元作標準，一個人吃二十粒鮮蝦水餃，訂價是八塊錢一粒，一百六十元已經賠了十塊錢；客人就算嘴下留情，不吃鮑魚燉土雞，來一小鍋酸菜白肉，總計正好五百元，我已賠定了。一百五十元吃到飽，我幹麼？我想倒店嗎？我吃了搖頭丸啦？我想死，想跳樓嗎？就算每天有三十個人進店，總共收入是四千五百元，扣掉人工水電，連房租還沒著落。這個遊戲我不玩，玩不起。

這老小子就是想花一百五十元把我吃垮。這老小子不存好心，隔了幾天，又來了，進門就問：「有沒有吃到飽的消費？」

我說不能做，他走了，臨出門時還丟下一句：「家家都是吃到飽，你不做，你就沒生意。」

我又算計了一下，還是不行，就算採用兩百元玩「吃到飽」遊戲，我還是不能做。一個鮑魚燉老母雞砂鍋是八百五十元，兩百元來吃到飽，客人吃得撐出了胃病，我卻被吃垮了！

我不太了解台北、台中的餐飲有沒有「吃到飽」這一招式，即使有，也不會滿街都是「吃到飽」的消費規格，畢竟人家台北人要吃就吃得精緻，吃出味道。就像一碗牛肉麵賣一百五十元，這個價碼在高雄就行不通，人家台北人不在乎這一百五十元，挑剔湯濃、肉精、麵條Q，只要符合這三個原則，一百五十元小意思；高雄人則在意兩個要素，一是價格便宜，二是要吃飽，所以牛肉麵超過五十元就不是好價錢。再說台中人吃牛排要真正牛排，不要組合牛排，一客五百五也沒啥了不起，好吃就行；高雄人也愛吃牛排，但是超過三百五十元就不行，太貴，想吃牛排就去夜市吃，一客六十元，吃得飽飽的。

怎麼核算，我就是不能接受這套「吃到飽」定律。我的店裡就曾有幾位年輕女孩，一人一餐可以幹掉三十粒水餃，還有幾位胖叔叔，一個人可以來一鍋酸菜白肉，再添兩碗白飯。如果碰上這款天賦異稟的客人，我怎麼辦？

退休老人被我拒絕之後，再也不來了，他的周邊鄰居也不來了，他們對我這個頑固的餃子館老闆徹底失望了，也包含了太多的不滿。不來，也就由他去了，你會打如意算盤，我也不是白癡，吃飽了你，餓扁了我，我不幹！

04 老婆的燥熱症

餃子館開張三個月以後，天氣也進入六月。南部的六月夠熱，平均氣溫都在三十四度左右，整天在廚房裡操作，那種感覺可想而知。

多數家庭主婦不願在夏天進廚房，顯然就是受不了那股瓦斯爐散出的熱氣，而餐館廚房的火爐有六台，其中四台是可以噴火的爐灶，溫度之高，比進入三溫暖的烤箱還要逼人。我老婆每天上午九點以後來到餐廳，第一件事就是開爐起火，一鍋熬高湯，一鍋煮開水，一鍋滷牛肉牛肚，另一鍋則是準備炒菜。每天十道小菜，全靠在爐邊烹飪，四個大爐的火焰不停向周邊噴射，冬天只穿件單衣，夏季則是汗流浹背。十一點左右，客人陸續進入，每鍋上百粒水餃在沸水翻騰，又是熱氣籠罩，這時，老婆的面容變了，變得有點抽搐，有點火氣，有點無奈。總之，就是那種很難看的臉色。

看著這副從沒出現過的臉色，我深知她太累了，太熱了，太燥了，但我也是無能為力。我除了清晨買菜，中午和晚間兼任跑堂之外，我也是莫可奈何。回顧和我認識的朋友們的太太們，此刻不是正在睡覺，就是咖啡土司用早餐，或者就是在國外旅遊的路上，我的老婆怎會落得如此地步？都是人生父母養的，我老婆嫁給我這個糟老頭子，日子過得窮那是命中註定，如今又要天天接受油煙加上高溫的煎熬，相信任何一個女人也無法忍耐。一個月後，她真的不能忍耐了，雖然她依然每天照常進入廚房，接受熱氣煎烤，但她的脾氣變得暴躁，誰跟她說話，必然回嗆連連，我感覺到老婆出現了病態。

趁著一個公休日，我領她去住家附近的一間中醫診所，醫師在把脈和詢問身體反應之後，作了診斷：「妳這是燥熱症！」我聽岔了，聽成「躁鬱症」，別開玩笑了，萬一我老婆得了「躁鬱症」那是要死人的，會上吊，會閉窗燃炭，會跳樓。我問醫師躁鬱症不是很危險嗎？醫師又說：「我說的是燥熱症，長久的高溫不去，體內的各個器官都起了變化，由於器官不能適應高溫，火大，肝火高升，脾氣也爆了，這是很正常的反應。」醫師開了降火補氣的處方，連服一週，老婆的脾氣確實有了改進，說話不再嗆，臉上的表情也恢復正常，雖然油煙不退臉蛋，但看來也不那般嚇人了。

十天過去，老婆的表現很善意，又是十天過去，表現依然正常，再十天之後，她的表情變了，話聲也開始有點嗆，隨之越來越嗆，我心中暗怕，莫非老病復發，燥熱症又來了？

果不然，又進了那間診所，還是那位醫師，還是同樣的診斷：「燥熱症又發了。」這位醫師是中國醫藥學院畢業的醫師，他的診斷是可以接受的。我問醫師：「可以完全康復嗎？」醫師也是回答得很完整：「這種燥熱症也需要自己調理，中藥只能安撫體內的燥熱，最重要還是要靠個人調理生活方式。也就是說，一週的藥服完後，本來已經恢復平靜，但是工作沒有停止，每天還是在廚房內烘烤，肝火必然又旺，脾氣必然又爆，明白了嗎？」明白了。我們又領了一週的藥，又天天服藥，老婆的嗆聲又一天一天降低，她又康復了。為了遵照醫師的叮囑，我們調整工作時間：我是買菜、跑堂兼管帳，老婆則是開菜單、炒小菜、調製餃子餡，每天在廚房不超過五小時，下午則在家休息，休息內容除了睡覺、看書，還包括游泳一千公尺。

藥吃完了，新的生活步調也開始了，她不再無緣無故亂嗆，她完全回到正常的個性。她的肝火在上午的五個小時內正要點燃時，經過下午的一段游泳時光就被澆滅了。這種說法是否含有科學依據？不知道，但這樣的生活模式實施之後，已經不再聽到老婆的嗆聲了。

05 公休

餐館都有公休，我們也有。開張初期的三個月為了打知名度，我們沒有休假，每天從早幹到晚上打烊，我是精神充沛，可是包水餃的、洗碗的女人們受不了啦，問我：「老闆，什麼時候開始公休哇？」

對呀，我是老闆，我是在為個人打拚，人家有必要跟著你這個老頭子打拚嗎？誰家沒有家務事？人家也想跟著老公帶著孩子出去走走。我想應該排出公休日了。

我四處查訪，很多店家都是排在每月第二、第四個星期一公休，我也照辦，大家很高興，就這樣，每月可以休假兩天。有了公休之後，星期二來上班時，果然個個精神抖擻，面帶微笑。

一個月休息兩天的制度實施了半年，我感覺有待修正，因為休假這天除了睡覺、看報，中午出去吃飯，吃完了又回來睡覺，睡起床又去吃飯，吃飽了混到九點又上床了，一個大好的公休就這麼混過了。不行，我們應該出去走走，前往大自然。我在一年前學會了一個新的玩法，外出露營。但是一天的時間就不能露營，公休必須有連續假。我是老闆，我說怎麼休就怎麼休，反正一個月少不了兩天，於是在中午吃飯時間，我向大家說明，從這個月開始，每月第二個星期一、二連休兩天，有意見嗎？幾位包餃子的太太不吭聲，廚房炒菜的大姐也沒意見，沒意見就代表通過，一個月連休兩天的安排就這樣通過了。

好啦，這樣就有得玩啦。我老婆對於露營持著不反對，勉強接受的態度。星期一大早，一個晴朗好天氣，正是露營的氣候，我們朝著南投溪頭奔去。正午時分，進入山區，先吃一頓鄉村的竹筒飯，再朝山腰駛去，來到溪頭公園，一個滿山林地的大公園，先來一趟森林浴，再去杉林溪欣賞正值盛開的牡丹花，這真叫遊山玩水加賞花。當全身舒暢又有點腿累時，回到營地，架炊煮飯。我的設備算是相當齊全，有電鍋，有炒鍋，燉湯的瓦斯爐，有炒菜的煤油爐。取出保溫袋的雞魚瘦肉，先洗米煮飯，當電鍋插到營區內的電源時，一鍋大蒜土雞也上了瓦斯爐。平時是我老婆掌廚，今天由我表現，四十分鐘之後，活動餐桌上擺出三道菜：豆瓣魚、肉片炒茭白、培根高麗菜，一大碗大蒜土雞湯，保溫袋還有冰啤酒。這時我老婆已從森林步道回來，晚餐開始，天色也漸暗了，在樹上掛起自備電池的日光燈，我們開始喝啤酒，聊天。天上密布星斗，陣陣晚風吹來，真是天上人間，好美。

這頓飯吃上一個小時，菜吃完，湯喝光了，啤酒也幹了三罐。收拾桌面，泡茶，沖咖啡，架起光碟機欣賞名片，兩部片子看完，也該入帳了。營帳上有窗口，通風又涼爽，夜半醒來，野地的蛙叫，配上蟋蟀的伴奏，如同一曲大地樂譜。透過小窗，但見螢火蟲正在聞聲起舞，真是一幅午夜奇景。當太陽尚未完全爬出山頭時，鑽出帳篷，先到森林中散步。踏著露水，沿著小徑，走著走著，餃子店的瑣事又湧現眼前：小菜的花樣是否又待變化？水餃的肉餡是否又要出招？還有客人的千奇百態，如同夢幻似的一一展現。這個早晨，真夠愜意，也夠充實。我就在四十分鐘內構想出兩種餡子：冬瓜水餃和菠菜水餃，同時又多添了一道好湯：黃豆芽排骨湯，這都是純正外省口味，而本省朋友絕對沒嚐過，但必定受到歡迎。

一趟散步結束，我來製作早餐。簡單又傳統的這一餐包括油煎饅頭、稀飯、三種小菜，另外再加一粒水煮蛋，吃得豐富又營養。吃得飽跑得快，再來一次溪頭林區大邁步，要玩就要玩個徹底，要走就得走得汗流浹背。走著走著，十點過了，回到營地，收拾帳篷，踏上回程，但不是急著回家，而是順著往南的高速公路前往關子嶺，因為在關子嶺不但可以來一場泥漿溫泉泡湯，還可以嚐到土雞三吃、醉酒河蝦。這麼吃，這麼玩，我在回家後，細算了全程花費，包括加油在內，總共是二千八百三十元，便宜吧？就是這麼便宜，這是我堅持月休二日連續假期的成果。

走過一次溪頭野營之後，我又期待下個月的公休日。連休兩天是餐飲業的創舉，沒有一位老闆有這種靈感，因為他們惟恐連休兩天會造成客人流失現象；我不這麼想，我認為只要有好吃的水餃，夠味的頂級砂鍋，花樣多又可口的小菜，應該可以抓住客人。可不是，連休兩天，星期三開門後，依然有客人來電詢問：「今天開不開店？」聽到沒有，客人又回來了。

露營玩樂最大的麻煩事就是搭帳篷，而且睡在草地上總是不太安穩，為了玩得痛快，我在休旅車頂上添購了一套捷便帳篷，隨時可以搭起，兩分鐘又可拆解合攏，晚上躺在篷內有如睡在樓上，不但可以防雨，又可阻擋蟲類侵襲，太舒服了。每當我們來到一個新鮮景點，坐在休閒椅上喝著啤酒時，我就覺得每月連休兩天是聰明的決定，最好的選擇，因為從高山或是海邊回來後，果真勞累全消，又有了一個全力衝刺的幹勁。寫到這裡，正巧從墾丁海濱回來，明天又要六點半出門了，又要踏入哈囉市場，又是一個月的開始，又是充滿希望的開始。

「客人，您請坐，今天想吃點什麼？」

「小姐，請坐，今天的黃魚不錯，要不要來一小鍋雪菜燉黃魚，開胃又爽口，十五粒胡瓜水餃，兩位夠啦。」

我這個跑堂的老頭兒，只要露營回來，必然對客人周到又禮貌。說的也是，天天買菜，跑堂，再大的能耐也是受不了呀！

V 哈囉市場即景

01 哈囉市場

「哈囉，你好！」

「哈囉，早安！」

這樣哈囉來，哈囉去的，哈囉了五六年，一座定名為「哈囉市場」的大賣市場成形了，在高雄左營孔廟旁，旅遊風景區蓮池潭也仕旁邊。

現今的「哈囉市場」成了大高雄地區的果菜魚肉的批發市場，機關學校，鄰近的部隊都在這裡採購，餐館人員也在市場挑選各式需求，我就在這裡買菜。

一座老舊褪色的拱狀建築豎在市場左方的一個入口處，上面四個大字「哈囉市場」。我每天買菜，每次走過這座拱狀建築物，每次都很疑惑，為什麼會取名「哈囉市場」呢？為什麼不取一個本土性很強的名稱？哈囉，到底在向誰打招呼？

我走遍市場一年多，也不見一個外國人出入。哈囉！我一直在心裡翻騰，尋找答案，一個正規的答案。

我向賣菜的老闆探聽，都是笑笑的搖頭：「不清楚咧，我們在這裡擺攤那天，就叫哈囉市場。」

我向每天清晨在市場內舉著一座財神爺繞來繞去，向攤販討香油錢的老頭詢問，也是說了半天，卻是不可靠的答案。

一年三個月後，我弄明白了，原來，這是一段歷史紀事。的確，這個「哈囉市場」確實是有歷史的！

一九五八年，民國四十七年，左營地區出現大批退伍老兵。左營是海軍基地，也有陸軍部駐紮，從基地和軍營退下的老兵，選在左營做為自己討生活過日子的地盤。左營有座舊城牆，牆裡是空地，牆外是一條水溝，說是護城河也有可能，退下來的老兵就在城牆裡面圍起竹籬笆，搭起小屋，他們的家也就形成了。其實，這些離開部隊的官兵也只是四五十歲的年紀，個個都能幹活，體力特壯的就進入市區找零工，體力稍差的，在距家不遠的一個小路旁擺攤做小生意。這些小攤分為兩個時段，早起時段在清晨五點開始營業，攤上堆著果菜魚肉，顧客都是鄰近的眷村住戶，也有散居在周邊的本省居民；中午過後，三點左右，另一批攤販來了，民生日用品為主要貨色，消費者也是左鄰右舍的家庭主婦。這種現象推動了兩三年，攤販越聚越多，駐在其地的海軍官兵對這個攤販區有了興趣，每天伙食必需品就近到這裡採購，由於阿兵哥每天在這裡大量消費，當地住戶就為這個攤販集中地取名為「兵仔市場」。這是「哈囉市場」的早期名稱。

在那個年代，美國還在協防台灣，左營海軍基地中也有一部分美國水兵，美國水兵也經常出現在「兵仔市場」。美國大兵出手大方，吸引了攤販注意，只要美國大兵的吉普車開到，攤販群起招呼，唯一可用的語言就是一個字：「HELLO！」

在「HELLO！」了一段日子後，聰明的菜販子們，又在「HELLO」之後加了兩個中國字：「你好！」

老美也能了解，也懂得學習，只要有人向他招呼「HELLO你好」，老美也會立刻回應一句「HELLO你好」。大清早，占地不小的「兵仔市」周邊傳出緊密的「HELLO你好」，一天又開始了！

民國四十七年，政府為了為退役官兵提供就業機會，把「兵仔市場」作了全盤規畫，並在原地建起棚架，棚架內建造一定規格的攤位，退役官兵優先租用，而租金也只是象徵性收取一點水電費，管理單位同時為退伍官兵提供服務。當這個市場在完工之前，主辦單位決定把流動性的「兵仔市」換個好名字，想來想去，想不出好名字，一位參加會議的攤販代表直截了當的說：「既然每天早晨都聽到熱鬧的『HELLO』聲，乾脆就取名『哈囉市場』吧！」

好，好，好，就這麼決定了，在一大串鞭炮的燃放中，「哈囉市場」正式定名啟用。

算一算，四十七個年頭過去了，當年在「兵仔市場」打拚多年再轉入「哈囉市場」的開場元老，一個個都凋零了，有的由子女接下攤位，有的回鄉養老，今天的「哈囉市場」有外省人，也有本省人，族群合一的在這個大棚內拚出自己的經濟效益，而「哈囉市場」成了大高雄地區最有名氣的批發市場。在這裡不但可以挑選到最高檔的各式果菜魚肉，也能買到南北雜貨，因而它成了餐館的選購目標。除了貨色齊全，價格低廉也是吸引消費者大量湧到的另一原因。

經營餃子館之前，我從來沒去過「哈囉市場」，餃子館開張前一週，我來到「哈囉市場」摸索了解，除了了解行情，也是要摸透進出方向，以及各個攤位的貨品及價格。果然是一個低價位的量販市場，就拿一隻跑山雞的價碼比對，正巧是傳統市場的三分之二價格，而各類肉品海鮮也比傳統市場便宜三成以上，蔬菜類更是一般市場的一半價錢，難怪餐館人員要來這裡採購，因為只有在「哈囉市場」挑選食材，才能賺到合理的利潤。「哈囉市場」內也有專門為客戶送菜的服務，有些餐館在前一晚把需求的貨品，以電話向服務商行說明，第二天上午八點以前，一只大籮筐必定準時送到餐館，這就是「哈囉市場」內的另種交易，但是價格有別，兩成的服務費被送菜服務人員領走了。

完全了解「哈囉市場」的狀況後，我出發了。那天是二〇〇三年二月二十六日，我騎著那輛五十ＣＣ摩托車，車後紮著一個很大的塑膠口袋。做什麼就要像什麼，第一次向「哈囉市場」交易，我的裝扮就是一套休閒衣褲，腳上是一雙拖鞋。在進出「哈囉市場」的人群中我沒見到一個白領階層，沒有一個乾乾淨淨的客人，總括來形容，一個個就是拖拖拉拉，邋邋遢遢的模樣。在這個大棚下，不講究穿著，這裡，社會中的另一角，是不被一般人注意的角落。

02 那一對俊男美女

如果，沒有人指明，我是不會看出這對專門在哈囉市場給客人送菜的夫妻，當年竟是一對俊男美女，男的曾經是海軍儀隊的小隊長，女的是時裝模特兒。現在見到的他們，變了，是歲月的消逝，還是生活的折磨？從他們臉上再也找不到往日的光彩。

我在哈囉市場進出三個月後，發覺很多狀況，這對夫妻的故事就是從一位賣苦瓜的女人口裡聽來的。因為我看到那位每天為客人送菜的女人，個子高，手腕又有力，她經常拎起二十多斤的菜堆放在摩托車的前座，為客人送達指定地點，我很注意她。鄰位是一個苦瓜攤，有天我買苦瓜時，我們有意無意的提起那個皮膚較黑的送菜女人，老闆娘說：「人家年輕時可是高雄的模特兒。」我感到吃驚，苦瓜老闆又說：「那個又黑又高的男人就是她老公，以前也是俊男一個，當過海軍儀隊的小隊長。」

難怪，那個海軍儀隊小隊長的體型是夠標準的，肩寬腿長，一副挺拔的架式。據苦瓜老闆娘說，小隊長有次在一個表演場合遇到時裝模特兒，立即展開攻勢，半年後，小隊長退伍了，兩人就結婚了。這麼好的條件，怎麼會跑到市場來當苦力？

苦瓜老闆娘又有說法，「我們這裡可是什麼人物都有。要生活嘛，在這裡替客人送菜，一天也有一千元，幹一天算一天，夫妻倆一同幹，一個月也有五六萬的收入，就是這樣。現在工作不好找，有這份工作就不錯了。」

我騎摩托車買菜買了半年，隨著採購量的增加，我不再騎那台五十ＣＣ機車，開出我的休旅車上市場。哈囉市場有兩個位置可以停放車輛，一處在孔廟旁邊，一處在公園內，只要把車號交給攤位老闆，再告訴他停車的概略位置，他們就交給送菜的工人，送菜按照車號尋找，十分鐘內就可把大包的菜送進車廂。每個攤位都有送貨員，就像那對俊男美女的夫妻檔就是專職送菜。哈囉市場每天清晨四點就開市了，一直忙到上午十一點收攤，七個小時，他們也跟著老闆下班了。

你一定不會相信，在這個又老又破又髒的古早市場內，有一個特色，美女特多。越是在哈囉市場混得久，越是見到很多的美女，一位站在蔬菜攤上的女人，就是美女。我不知道別人的評價怎樣，但是很多餐館的廚師、自助餐老闆、營養午餐的掌廚，以及阿兵哥的伙委，一大缸子男人喜歡到她的攤前選購，由此可以證實，她在男人眼中有一定的魅力。不過，說實在話，這個女人並不是什麼美得迷死人的美女，但她的臉蛋格局就是能夠吸引男人。她又是個什麼格局？我不太會形容，再說得白一點吧，就是那種清秀、媚人，討人多看幾眼的格局。如果你還不懂，你自己到哈囉市場去看嘛，就是進了第三道門側，一直走，拐個彎，再一直走下去，靠左邊，一個很大的攤位，什麼蔬菜統統有，那個女人永遠站在那兒。她也偶爾坐下來，那就是在清早偷閒吃早餐的時候。她通常都是叫一碗乾麵，一碗肉羹湯，大口大口的往嘴裡扒麵，大口大口的喝著肉羹。好格局的女人在吃東西時也是好格局，人家嘴張著雖大，但很快就閉攏了，知道我的意思嗎？不了解的話，你還是自已去看，通常都在清晨六點半前後，你就能看到美人吃早飯的畫面。

哈囉市場每逢農曆十七日公休，大美人不公休，照常站在攤位前賣菜。我問她為什麼這麼辛苦，她說，家裡人口多，孩子就有三個，大兒子快考大學了。聽到沒有，大兒子快考大學了，但是一大缸子無聊男人也不計較人家有幾個孩子，即使買一兩樣蔬菜，也要扯上十來分鐘，也聽不出在鬼扯什麼。我就聽過一個餐館老闆說過一句：「下午有空嗎？我請你去河堤喝咖啡？」

「不行啊，沒空啊，下午要陪孩子去補習。」聽到沒有，人家把孩子都端出來了，自愛點，走人吧！這個挺個大肚子的餐館老闆真他媽的白癡，還在那不死心，還說了一句：「下星期我們要去花蓮出海看鯨魚，有興趣參加嗎？兩天就回來。」她沒搭理，只是笑笑，搖搖頭，又去招呼別的客人了。

諸如這一型的白癡死胖子還不只一人。且看距離這個攤位二十公尺左側的那個賣貢丸的少婦，也是一個萬人迷。她的臉盤要比賣蔬菜的那個來得引人目光，怎麼說呢，有人叫她鞏俐。沒錯，還真有點鞏俐的模樣兒，尤其那張嘴特像，也是厚厚的，我也是衝著那張厚嘴唇奔過去的。我每次都得買兩斤貢丸，我是買完就走，但是在那個片刻的停留工夫，卻把眼神盯在那張嘴唇上，嗯，的確有個八分像。三十來歲上下，大兒子已經唸國二了，不曉得哪裡傳出消息，說這個鞏俐嘴離婚三年了；又有一道消息，說她老公是官校畢業的，原本兩口子恩愛得不得了，或許是愛得過頭之後，就分手了。也可能就是這個消息傳出的緣故，每天就有一大夥懷著夢幻式的白癡惡狼繞在攤前。但是據那個賣番茄的老闆娘告訴我，這女人嘴刁，一般男人根本不在她眼裡，有過一次失敗後，挑選男人特別嚴謹。番茄老闆娘說，這女人在這裡擺攤也有七八年，少說也有七八百萬財富，因為她不但在哈囉擺攤，下午三點以後，還在黃昏市場擺攤，早晨剩下的菜再到黃昏市場出售，拚命賺錢，每年寒暑假必定帶著兒子出國旅遊。別看她是個賣貢丸的，生活可講究呢！

在這個方圓五六百公尺的大棚下，什麼號的人物都有，什麼來路的角色都到齊。有個當年耍狠的姑娘嫁人後，也在哈囉湊上一腳，她專賣蔥薑辣椒，她是香菸不離手，檳榔不離口，她不打扮，但卻吸引客人靠攏，因為她的那股勁，就是讓很多買菜男人吃她那一套。聽說，她媽是屏東人，父親是河南人，所以她國台語都很溜，管你是年輕的阿兵哥，或是七十多歲的老芋頭，她都能應付。她在阿兵哥面前玩俏皮的說腔，碰上老芋頭則是關心備至的口吻，總之，她的目的就是勾著你非來她的攤位不可。一般的攤位都在上午十點半以後收攤，但是她卻在十點之前就打烊了，她就是有一套，她是哈囉市場的指標辣妹。

經常跑哈囉市場的人必然知道靠北邊出口邊的一個豆製品攤位，凡是豆類食品統統都有，因為貨色充足，生意奇好。其實造成生意好的原因並非完全和貨品有關，而是攤位的女主人個性很特別。從我第一次見到她，一年多來，只見到她笑過一次，聽說是中了六合彩五萬元，除這次之外，她永遠是一副鐵面無私，一副疾言厲色的樣子，很像每個照顧她生意的人都是應該來孝順的。客人如此待她，她非但不領情，而且稍有不爽，她還會訓斥兩句，挨了罵的人非但不會翻臉，明天照來，明天依然聽訓。

她是山東人，我叫她山東婆。山東婆在哈囉市場算是元老級的人物，她是眷村中長大的姑娘，母親曾在哈囉擺攤，母親老了，攤位交給她，當弟弟妹妹成年後，她又領著弟妹在哈囉市場開發新地盤。仔細算算，哈囉市場內有四個攤位是山東婆的家人，可見勢力不弱。山東婆講得一口比台灣人還要台灣人的台灣話，因而碰上外省人她就用山東國語開罵，遇到台灣客人，她的台式罵腔整套脫口而出。她雖對待客人不來好言，但是她的賣價就是便宜，一大包五香豆乾二十塊錢，傳統市場賣的手工豆腐一塊十塊錢，她賣五塊錢，你信不信？

你明天會不再來嗎？山東婆的妹妹有次告訴我：「你別看我大姊現在這副樣子，當年也是海軍官校教官追求的對象，二十幾歲時，也是左營地區的一號美人哩。」我這個人總好問人家老公是幹什麼的？「沒有老公，有個男朋友，男朋友也散了，有個兒子。」我終於明白了，男朋友走了，留下一個兒子，再加上更年期，這不就正是山東婆古怪個性總結嗎？

哈囉市場除了各型美女，還有各型老芋頭。我所指的老芋頭並非都是老兵，也有退休的公務員，但百分之九十以上都是外省幫的老傢伙。人家本省老男人都在家含飴弄孫，或是在公園打拳，不可能到市場來混時間，只有這群無兒無女無老伴的外省老芋頭，才會在哈囉市場磨蹭一個上午。他們也是來買菜，也可能買一把空心菜，也可能買半斤排骨，但他卻在市場內繞來繞去，腿腳不靈活，搖晃在狹窄的通道，擋了送菜者的去路，任憑你怎麼叫嚷讓路，他還是搖晃著身子。他不是不理，他是耳聾又有青光眼，真是討人厭。你討厭他，他不討厭你，他還找機會跟賣菜的美眉搭訕。我每天都見到有幾號特定老芋頭專好在市場門口晃蕩，他們正在和那些舉著一把青菜吆喝的農村婦人搭訕。且聽一段實況：

「這把敵瓜丫一把多少錢?」道地的河南口音。我懂他的意思，他在問地瓜葉一把的價錢。

「十塊啦!」農村婦人早就習慣老芋仔的腔調，用標準的台灣國語回答。

「十塊錢兩把!」老芋頭還伸出兩支手指。

她明白了，她有點氣，立即用台語回應:「你去呷第塞啦!」我也明白她的意思，她叫他去吃豬屎。這名農村打扮的婦人也夠毒，老芋仔討價還價，也不至於咒他去吃豬屎，何必嘛?

老芋頭雖不了解女人叫他去吃豬屎，但從對方表情上曉得她冒火了，老芋頭就是這麼沒出息，馬上掏出十塊錢，買了一把地瓜葉。女人接過錢，把地瓜葉塞在老芋頭手裡，不過臉上有點笑意。老芋頭走沒兩步，趁著女人的笑臉尚未散去，表達了個人的目的:「我們做個篷油好嗎?」他說要跟她交個朋友。

這老傢伙也太不自愛了，太小看人家了吧?十塊錢就想交朋友，你有沒有搞錯啊?

果然又招來一句好罵:「你去呷第塞哪，你去死啦，沒緊小。」

聽到沒有，人家又叫你去吃豬屎，去死，不要臉。走吧，走吧，再依依不捨，還想挨罵是不是？

老芋頭走了，晃著一個大腦袋，在陽光下閃呀閃的。明天他還會來，他還會買一把地瓜葉，又消磨了大半天，雖然好話沒有一句，但他很爽，因為他終於找到一個跟他說話的女人。

我真的在哈囉市場見到太多太多嘴歪眼斜，鄉音特重的老芋頭，說穿了在哈囉市場還真是一個奇特景觀。有些老芋頭明明可以返鄉團聚，他卻偏偏要留在這塊土地上戀著不走。有的說，回去就要花錢，討個家鄉女人嘛，但是沒有十來萬免談；十來萬應該沒問題，但是討個家鄉女人後，還要養一大口子女家的人，受不了，還是根留台灣吧：半年一次終身俸，吃上六個月不成問題，一人吃飽，全家不餓，早起逛逛哈囉市場，買把空心菜，半斤排骨，也能找個女人聊一陣子，這不就是快樂嗎？

陽光已經把整座「哈囉市場」牌樓罩住了，老芋頭們拎著自己的消費品，晃呀晃的，晃回眷村，吃飽了睡覺，睡飽了又吃，又看電視，又睡覺，一個翻身，起床了，又晃又晃的，又到了哈囉市場，一天快樂就在這裡尋找。

如果有人再提起「愛台灣」，我必然想起每早必到哈囉市場晃晃的老芋仔。他們才是道道地地的愛台灣族群，看到沒有，有家不回，偏偏要留在這裡吃地瓜葉，這，還不夠真心誠意的愛台灣嗎？

03 當「敏督利」走了之後

二〇〇四年七月二日，敏督利颱風侵襲台灣，風勢不大，但是雨水卻像沖破的堤防一樣，狂飆而來，而且一來就沒完沒了，連續飆潑了五天五夜。

七月四日，中部災情嚴重，媒體開始展開全面深入報導，我雖然也注意中部土石流的威力，但是較多的注意力卻放在哈囉市場內的動態。

哈囉市場的菜價就跟土石流似的，一路狂飆，衝勁之大，如入無人之境，最瘋狂的時候，甚至出現一天三市：天沒亮時是一個價碼，太陽出來後，又往上竄高一節，接近正午時，價格稍許小跌，因為到了這個時候，中上貨色已經脫手，下等果菜再不出手，明天就爛得沒人要了。這是哈囉市場自組成以來，從來沒有的現象，一位七十多歲的阿嬤說，太快，太貴，夭壽啊！

寫到這個段落時，敏督利已經離境半個月了，但是哈囉市場內的行情還是居高不下。問菜販子什麼時候可以回穩，菜販們也是一臉菜色的說：「誰曉得。批不到貨啊！」

我追根究柢，查出真相：哈囉市場的菜販子都是向大盤商批貨，大盤商則向產地採購，如今是產地沒有產品，所以價格就無止境的上揚。上揚到什麼時候？回答只有一句：「要等到新種的菜長成後，價格就會回穩。」

「要等多久呢？」

「少說也要二十天，有的菜要三十天才長成。等吧！」

漲價我倒不太恐慌，真正著急的是價格上揚卻又買不到像樣的貨品，那才真教人不知如何應付。

買不到和價格相等的貨色是一大憂慮，但卻又買到仿冒品，而且明明知道是仿冒品，卻又不能不買，你知道嗎？這才真是令人嘔得很。

更令人難以忍受的是，菜販子會明明白白的告訴你：「我這是仿冒品，你要不要？不要也沒關係。」按說，仿冒品總不能和真品牌在價格上相提並論吧？錯啦，仿冒品比早先的真品牌還要貴上兩倍，因為仿冒品的原料也在缺貨。

沒有開餃子館之前，我不了解菜販子也有一段戲法，如果我不是天天進出哈囉市場，也不會知道菜販間也有這套應變能力。

我每天買菜，必定要到販售雪裡紅的攤位採購，因為雪裡紅炒毛豆不但是一盤小菜，也是「雪菜黃魚砂鍋」中的重要配料。敏督利走後第二天，那位年輕人經營的雪裡紅攤位沒有什麼反應，但是第三天就變了：缺貨。原先是大桶大桶的雪裡紅，今天卻是幾片葉子漂浮在鹽水中。我問年輕人怎麼回事？他苦著臉：「買不到菜啊！」原來，雪裡紅的原料菜是在每天下午收割，立即清洗後，放入鹽水桶中浸泡一整夜，天亮了，原料菜變成了雪裡紅。風平浪靜的日子，一斤雪裡紅二十元，最嫩最綠的上品，一斤三十元，這是雪裡紅的南部行情。這段行情在我踏入哈囉市場一年多來，沒有動過，但是敏督利之後，行情動了，年輕的老闆在七月四日這天對我說：「缺貨，我不得不漲，你是老客人，每斤算四十元，別人我就要五十元。」我想漲十塊錢，小意思，買五斤吧！「不行，訂貨太多，分給你三斤吧！」

七月五日，年輕人不見了，旁邊一位賣酸菜的老闆娘說，年輕人因為買不到原料菜，今天不來了。

七月六日，年輕人還是沒出現，每天必須買雪裡紅的餐館老闆圍在攤位旁發急。哈囉市場內總共只有兩個雪裡紅攤位，一個是全家出動的家族攤位，另一個就是這名年輕人的攤位。年輕人的這套醃漬雪裡紅的手藝是父親傳授的，父親在哈囉市場賣了二十年雪裡紅，年老後，攤位交給兒子，兒子繼續賣雪裡紅，一天起碼也要賣出五百斤以上，因為雪裡紅這種開胃菜不但自助餐館必購，就連五星級飯館也要雪裡紅配菜。年輕人曾經告訴我，醃漬雪裡紅的原料菜叫「鳳尾春」，這種菜如果炒來吃，不好吃，燙來吃，也不好吃，所以在市場上見不到「鳳尾春」。「鳳尾春」雖然沒有家庭主婦採用，但卻成了醃漬雪裡紅的主要原料，因為這類植物的莖細、葉茂、沒有特別異味，生長地在彰化和屏東的農村，農民種植「鳳尾春」的目的就是提供雪裡紅商人做為原料菜。

七月八日，年輕人出現了，攤子上堆了幾堆雪裡紅，我說要五斤，年輕老闆走到我面前，低聲的說：「我老實告訴你，今天的雪裡紅不是鳳尾春醃的，而是一種替代菜，你要不要？」

「口感怎樣？」

「差不了多少，我不說，你也不知道，這是為了提供餐館的唯一辦法，你要不要？」

「五斤！」

「不行，頂多給你三斤。」

我心裡納悶：怎麼仿冒的雪裡紅也缺貨？

「阿伯，以前的『鳳尾春』起碼要一個月才長大，現在我用芥菜和油菜代替，差不多啦。其實，中部的雪裡紅就是用芥菜醃漬，我用的芥菜和油菜也在產地供不應求，每天只有一兩百斤的進貨，不是餐館的老客戶，我是不賣的。今天也只能給你三斤，明天再來看看。」

雖然是仿冒品，但是價錢不變，依然在六十元上下打轉。還好，我用仿冒的雪裡紅搭配出來的「雪菜黃魚」，卻沒有客人提出異議。

轉過年輕人這個攤位，又是一個我每天必定採購的攤位，賣番茄的阿水夫婦。從「敏督利」走後的第二天，阿水夫婦就沒有笑過，原因還不是嚴重缺貨。他們兩口子每天下午三點到鄉間的幾個番茄盤口批貨，颱風的一陣攪局，產地番茄吹落一地，經過水泡，全部爛光光，農民只能在泥地裡撿拾倖存的番茄，數量大減，當然批價上揚。從我每天記的流水帳中可以見到，番茄的生產旺季在每年冬季，一斤上好品只要二十元，產季淡下來後，也只需三十元左右，但是經過了「敏督利」的一場大雨，行情推向六十五元，而且這種高價碼卻找不到幾個像樣的番茄。番茄水餃是我的創業招牌，再高的價格也不得不採購，阿水夫妻一再表示，價錢雖然漲不停，但他們的利潤相對下滑。阿水說：「一斤沒有十塊錢的好處。」阿水說，番茄就是番茄，不能像雪裡紅找來替代品，怎麼辦？生意還要做下去，阿水夫妻每天還是要到產地找番茄，我則在他的攤位上挑番茄，我們如此這般的在番茄上下功夫，而我的番茄水餃卻是無利可圖了。

番茄大漲，緊盯在後的高麗菜也不能甘弱，原來是五十元三粒的高麗菜，現在變成四十元一斤，一顆高麗菜少說也在一百二十元左右。這種漲幅在農業單位是不會知道的，農業官員得到的報表來自果菜運銷市場，真實的行情卻是蔬果到了大賣市場後，價格翻了好幾翻後才到傳統市場，這種一再翻騰的現象，農業官員根本不曉得。我曉得，我太明白了。高麗菜的產地在彰化和山區，一場大雨，把彰化的高麗菜打得稀爛，大盤商向山區農家催貨，高山農家分布在中橫公路的梨山一帶，高山農戶回答說，中橫斷了，車子開不出去。這種日子等了四天，有些高山農戶駕鐵牛車，冒險載著高麗菜下山，來之不易的高麗菜當然有理由大漲特漲，一斤漲到十元、二十元也是理所當然，但是進入小賣場後，就漲到三十五元以上了。

當高山高麗菜漲翻瘋了的時候，進來一批大陸貨，價格正好是台灣高麗菜的一半。大陸貨長得一副短小精悍的模樣，結實得很，掂在手裡，像個小鉛球。貪便宜的買家一簍一簍的搶購，我沒買，因為我看到一粒一粒的大陸高麗菜，其貌不揚，哪比得上咱們來自大禹嶺，來自梨山的賣相：一顆顆都是尖頂又圓渾渾的外型。

我在兩種價格落差極大的行情下，力挺高山高麗菜，挺了不到四天，果不其然，大陸高麗菜洩底了。一分錢一分貨嘛，原來大陸的小鉛球不但汁少味淡，而且口感缺缺，除了傳統市場包水餃的攤位買去剁餡，自助餐館做為盤菜之外，就連精打細算的家庭主婦也沒興趣了。我堅挺到底，因為我的高麗菜水餃一粒四元，傳統市場的水餃一粒二元五角，盤算之後，我的高麗菜水餃在我的生意道德之下，雖然已經無利可圖，也只有忍了。

說來就是奇怪，在番茄大漲，高麗菜攀高不下的情勢下，來到店裡的客人卻在這個節骨眼上，死忠這兩道美味，除了番茄水餃和高麗菜水餃供不應求，就連平時只叫高麗菜水餃配一碗酸辣湯的夫妻檔，他們也要來一盤番茄炒蛋或是高麗菜炒培根。我想起哈囉市場的阿水夫妻說的，番茄漲價了，但我們的利潤卻削薄了，我就有同樣感受。

04 大家忍耐一下

「產地番茄缺貨，番茄水餃暫停供應，不得已，請多忍耐。」苦撐了將近一個月，實在撐不下去了，我在店門前貼出這張海報。

番茄的價格一直沒有回穩的跡象，賣番茄的阿水說，他們也沒有辦法，每天中午收攤後，他們夫妻二人就到南部農村尋找番茄農戶，能夠搜購多少就是多少，但是每天都是貨量短缺，而且價格也直直漲。產地如此現象，來到哈囉市場後，加上他們的利潤，稍稍像樣一點的貨色就衝到七十元以上，但是所謂上等貨色卻比往日的三級品還要差。即使這樣，還是有人要買，阿水說，每天都來買番茄的人是自助餐店、冷飲攤、水果店，還有少許的傳統市場菜販子，當然也包括我在內。

番茄漲價漲得面不改色，價格上揚還可以自己吸收，可是品質粗糙卻是不能接受，包出來的餃子已經淡而無味，毫無番茄的原有清香。我和老婆研究後，決定暫停供應番茄水餃。番茄水餃不包了，我們面對上門的客人只好說謊：「今天買不到番茄，沒有番茄水餃，抱歉得很。」每大都是這片謊話，說的日子久了，客人不高興了，有不少客人就這麼說：「前天來，沒吃到，今天來，又沒吃到。」邊說還掛著滿臉的不悅。也有的客人跨進門就問：「今天有沒有番茄水餃？」如果回答得令他失望，他會掉頭而去，這就是本店番茄水餃的魅力，信不信?就是這樣。

弄得我們有點不好意思，惟恐把客人得罪光了，乾脆實話實說吧，於是貼出了這張海報。海報貼出後，還是有人問：「什麼時候可以吃到番茄水餃？」我依然實話實說：「那要看產地的供應情況，大概不會超過一個月吧？」

確實沒有超過一個月，哈囉市場的阿水漸漸展出了他的貨品，漂亮的番茄終於在農曆七月二十日過後出現了，價格也有回穩，一斤叫到五十元，雖然比起往日的價碼還有一段差距，但卻也能接受。我的原則是，價格有差距不在乎，但是品質要夠水準。我們的番茄水餃在中秋節前再度端上餐桌，客人一團歡喜。

不過，在番茄水餃重返餐桌後，我們也有項小小約束，每桌客人限量十五粒，而且冷凍番茄水餃依然停止供應，因為有不少客人在品嚐番茄水餃之後，再購買一百粒冷凍水餃，帶回家當作消夜美食，「抱歉得很，供不應求，冷凍水餃還是不能供應。」我的意思就是希望大家「共體時艱，共度難關」，這話似乎有些誇張，事實就是如此，在「趙老大北京餃子館」內的番茄水餃，就是俏得很哩！不管怎麼說，起碼時至今天，番茄水餃是我們的獨門生意，我們靠它創業，也憑著一粒粒白胖胖的番茄水餃打開知名度。

05 你也可以當老闆

或許，看了我這本書的朋友，突然心動，也想試試。這類朋友必然都是即將退休，或是已經退休，或是根本就找不到工作，整天看電視磨時間的待業族群。

不管是哪一型的朋友，只要你想幹，只要你有決心，再加上擁有絕對的吃苦精神，我想應該可以做得起來吧！

我說的決心不是短暫的，是要持之以恆的。我認識一位中年朋友，對經營餐館特別有興趣，而且手邊也有點閒錢，於是計畫了三個月，一間麵食館開張了，蔥油餅、手抓餅、韭菜盒、牛肉麵統統都有，而且還很得意的拿出自己相當滿意的大白菜燉豆腐。因為這間小館開在很多公營事業單位附近，上班族吃得對味，生意不錯，經營了一年，倒是真的賺到了。錢到手了，這位老兄也懶了，早晨不去買菜了，從裡到外，全部交給兩名助手處理。我的經驗感覺，只要開餐廳，必須事必躬親，你不認真，工人必然敷衍了事，工人才不會替你賣命。一年半的時間，收攤了，問他為什麼收，他說做不下去了。

我另一位好友，年紀比我小七八歲，也是喜歡開餐館，早在二十年前就在高雄開了一間牛肉麵店。那時的高雄人剛剛懂得吃牛肉麵，所以生意好得很，因為生意好，賺了錢，他不幹了。問他為什麼不幹了，他的回答很妙：「我不想再伺候人了。」聽到沒有，難道當初開店時，沒想到這是一門伺候人的生意嗎？

過了五年，這位朋友或許是想通了，或許開餐館的興致又復發了，又開了一間「活魚館」，他的招牌是「活魚八吃」。不過，他忘了一點，高雄人雖然沒見過活魚館，但是海鮮館卻是遍地皆是，高雄人才不管你活魚幾吃，高雄人就是愛吃海鮮。高雄人吃海鮮很單純，蒸的、烤的、煮的，如此而已，你這門多花樣的活魚八吃，太陌生，太誇張了。半年，關門了。

冬眠了一年多，我這位好友靜極思動，又開店了，又是八個月，又關店了。我問他怎麼都是開開關關，他的回答還是一樣：「太累，不想伺候人啦！」

全部攏總算起來，這位老弟在二十年間，在高雄經營的餐館不下十家，兩岸開放後，也曾遠征河南洛陽，也是故態復萌式的十個月收攤。總之，我們之間只要幾個月沒聯絡，一旦見面，不是正在籌備新店開張，就是老店打算歇業，反反覆覆，真是太累了。前一個月我們又見面，又是在作收店的打算。仔細盤算這位好友的心思，很明白的看出，他就是沒有耐性，沒有長期抗戰的心理準備。賺了，想享受輕鬆一陣，賠了，意興闌珊的不想幹下去了，事實上也是真的幹不下去了。

再說資金的來源，當然有本錢更好，如果像我這種一窮二白的人，那就得向銀行貸款。在沒有開口之前，先仔細回想一下個人的信用，從車子貸款，房子貸款，以至信用卡的使用情形，每個環節有沒有出過狀況？如果曾經有過一次差錯，那就不必動銀行腦筋了，即使填妥了各項表格，到最後也是無聲無息，人家不貸給你。

初次開餐館，不必搞得場面浩大，幹麼？你要跟五星級酒店拚嗎？你拚得過嗎？你想及早關門嗎？我的店就是不大不小，也沒怎麼刻意裝潢，只要窗明几淨，色調柔和，看起來不刺眼就行了。我的店因為是「北京餃子館」，為了突顯北方格調，所以門前掛上大紅燈籠，在廳內的大樑上也掛了大紅燈籠，客人覺得很鄉土，很有北方味兒，我的目的也就達到了。

餐館的店名也得注意，你不能隨便亂來，店名取得不好，就是沒人上門，這不是迷信，這是客人的心理反應。就像有家麻辣火鍋店，取了一個「咢」字店名，真是搞不懂這個「咢」字又和麻辣火鍋有什麼關聯？這位老闆或許想要顯露一番個人的才華，或許也想考考客人的中文程度，結果，考了三個月，認識這個字的人畢竟不多，竟然把客人都考跑了。因為大家不認識這個字，三五好友相約要去「咢」店小聚，就是因為說不清店招牌，幹麼非去這家不可，換一家吧，客人不來了，店老闆卻被真正的考倒了。

高雄很多大眾化的海鮮館，都是以「阿」字輩取名，譬如阿榮、阿文、阿忠等等，很有台灣味，很符合勞工階層朋友的感覺，生意好得不得了，如果取個「阿咢」店名，你看看生意好不好？絕對好不起來，因為大家叫不出店名，生意又怎會火紅？店名雖然要有符合消費者的感覺，但也要看是哪一種餐館，有家山東老鄉開的麵食館，想必也是想要鄉土化，取名為「大蔥麵食館」。人人都知山東老鄉愛吃大蔥，但是你把大蔥放在大門口，未免也太嗆人吧？這間店開了半年，沒關，但是從每天的營業狀況來看，大概也差不多了。

失業人口越多，除了攤販大增，餐館也越多，走在大街小巷，儘管是一條狹窄小巷，很可能也有好幾家小餐館擠在裡面，各顯神通的在掙扎求生，因為這是唯一一條求生之道。餐館如何生存下去？我沒經驗，但我的土法煉鋼方法是，把最好的東西端出來，或許就能拉住客人。只要有了回頭客，即使不能大賺，但起碼也不會一年就倒店吧！

想開店的朋友，拿定主意，有了充分的心理準備後，你就開一間吧！

後記

這本書完稿的時刻，正逢教育部門前爆裂物引爆的那天，也是ＬＰ、ＰＬＰ、遮羞費、吃豆腐等等粗俗骯髒氣氛瀰漫的季節，我這本書雖然生不逢時，但我又能奈何？我自我陶醉，這本書就當作是一股清流流向「中華民國在台灣」的土地上吧！

你不覺得這樣嗎？一個貼近七十歲的老頭子早起跑菜場，白天賣水餃，為的就是要保留僅有的尊嚴，不抱大腿、不甜言蜜語、不四處亂混、不胡言亂扯、沒有坑人拐騙。在這「四不一沒有」的堅持下，所以一個淋漓痛快的下場出現了，賣水餃。

你可能覺得下場太那個了，哪個？我猜你一定說：「下場太殘酷了。」我一點也不覺得，我很爽！

端著盤子在客人間走動，找客人聊天，他們很愛聽記者的故事，他們也常買我的書來找我簽名，這都歸功於賣餃子的成效，你說，我是不是很爽？

LOCUS

LOCUS

LOCUS

LOCUS